강물의 계절

강물의 계절

초판 1쇄 인쇄 2020년 3월 12일
초판 1쇄 발행 2020년 3월 17일

교회인가 2020년 2월 21일
글 쓴 이 송선희 클라우디아
그   림 이영철
펴 낸 이 이희경

총   괄 이종복
디 자 인 블루

펴 낸 곳 흰
주   소 서울특별시 마포구 성산1동 49-5
전   화 02-714-5383 팩스 02-718-5844
이 메 일 hayangin@naver.com
출판신고 2013년 4월 8일 (제300-2013-40호)

ⓒ 2020, 송선희

I S B N 979-11-87077-27-5 03800

강물의 계절 ＿인생 에세이

갈라진 곳으로 빛이 들어와
마음이 열리는 순간!
살아있음은 놀라움이다

흰
White

잘 살아내었다

"살아간다."와 "살아내었다."는 큰 차이가 있습니다. 작가의 삶은 "살아내었다."에 속합니다. 이 한마디의 음절 "잘"도 함께 포함됩니다. "잘 살아내었다."로 그의 인생은 표현될 것입니다. 이 한마디의 말 속에는 엄청난 폭풍과 해일이 있었지만, 그리고 두려움과 공포와 좌절과 절망이 깊었지만, 그는 거역할 수 없는 목소리를 따라 따뜻한 손 하나 잡고 한 발자국도 뗄 수 없는 캄캄한 강을 건너온 주님의 딸입니다.

남편 요한의 가없는 사랑 또한 신앙의 힘을 넓혔습니다. 어떤 절대의 힘없이는 불가능했을 삶도 사랑하고 또 사랑하는 강인성을 키우노라면 축복을 받는다는 것을 보여주는 신비라고 믿을 수밖에 없습니다. 3남 1녀를 선물로 빈은 것은 주님의 특별상이 아닌가 합니다. 인생에 지독한 걸림돌을 디딤돌로 만들어가는 신비의 노력을 장하게 보셨을 것이 분명합니다.

많이 넘어진 사람일수록 쉽게 일어난다는 말이 있습니다. 반대로 넘어지지 않는 방법만 배우면 결국 일어서는 방법을 모를 수 있습니다. 작가는 오늘 이 시간의 행복을 만든 사람입니다. 행복의 기성품이 아니라 진실로 사랑을 만들어 낸 하느님의 특허 은총을 스스로 만들어 내었습니다. 그것은 바로 믿음과 견딤입니다.

이 책도 바로 그런 선물이며 은총일 것입니다. 몸의 통증을 곧 기도의 울림으로 받아들인 작가에게 더 큰 축복이 있기 바랍니다. 저 창밖의 바람도 그대를 위한 찬송입니다.

신달자 시인

어두울 때 비로소 보이는 빛

세상 모든 사람의 삶을 들추어 보면 모든 삶이 힘들고 아프지 않은 사람이 없다. 하지만, 송선희 클라우디아님의 삶은 특별하다. 이 글을 읽으며 이런 생각이 든다. 인생을 살면서 자기가 그리는 무늬와 하느님 께서 그리는 무늬를 알아가는 감동적인 이야기이다. 자매님이 원하지도 않는 고통을 부둥켜 안고 몸부림치며 자기자신이 누구인지를 알아간 다. 다시 말하면 육체적 고통의 사실을 사실로 받아 들이는 여정이다. 이 사실에 판단하지 않고 자신이 바라는 열망을 섞지 않고 사실을 사 실로 받아들이는 몸부림의 이야기이다.

이 여정을 통해 하느님께서 그리는 무늬를 알아 듣고 느끼고 있다. 바로 그것이 새로움 즉 부활이다. 예수님께서 고통의 여정을 통해 아버 지의 무늬를 알아 듣는 것과 같다. 그래서 부활이 새로운 것처럼 클라 우디아자매님은 지금 이 순간 매순간 그 부활을 살아가고 있다. 어떤 신학적 개념보다, 교리보다 생동감을 주는 삶의 이야기이다.

자신과 함께 하는 남편 요한, 그리고 네 자녀 그리고 자연을 통해 자매님은 하느님의 손길을 느끼고 있다. 자신의 이런 모습을 통해서 이들도 또한 하느님의 손길을 느끼게 하고 있다. 이것이 우리가 현재에서 다른 곳으로 건너가는 깨달음이 아닐까 싶다. 이것이 부활을 살아가는 것이 아닐까!

　　이 책이 많은 사람들에게 이런 깨달음으로 건너갈 수 있는 디딤돌이 되기를 바래 본다.

한국예수회 제병영 가브리엘 신부

순례자의 길을 따라

이 책은 미사의 힘이 얼마나 크고 위대한지를 드러내준다.
힘들고 어려운 시기에 미사를 드리며 힘을 얻고
강론을 통해 삶의 방향을 고치는 방법을 알려준다.

의무로서 바쳐야 하는 기도가 아닌
하느님을 찾을 수밖에 없는 고독한 인간이
애절하게 그분을 찾아 헤맨 흔적이 한 권의 책에 녹아 있다.

담담하게, 그리고 때로는 대담하게 하느님을 향해 말을 거는 모습은
신자의 자세이고 목표이기에
자신에게 주이진 십자가의 의미가 무엇인지를 곰곰이 마음에 새겨
성찰하는 모습은 성모님의 묵상에 닿아 있다.

기나긴 시간 동안 삶의 의미를 찾아

인생 곳곳을 누빈 나그네의 여행 일지이며

묵상의 흔적인 이 책을

나는 너무 편안히 읽고 있는 것은 아닐까 하는

반성마저 들었다.

베네딕도수도회 윤원진 비얀네 신부

차례

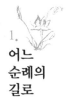

생명의 함성

마을을 가로지르는 갑천으로 나와
햇살 좋은 날 푸른 들에 안기고
소나기 만나면 숨어들어
35년이란 미로에서의 방황을
일기형식으로 썼습니다.

두 손 잡아 이끄시는 주님께
더 이상 갈 수 없다며 항변하다
수없이 넘어졌습니다.

다시 가라 하면 갈 수 없는 길
기억 속에서 지우고 싶은 부끄러운 나의 모습들
묻고 물으며 또 물어야 했던 고통의 실체
미래의 불안.

격랑의 시간 속에 애증의 그림자가 되어 버린
모든 것 안에서 모든 것 위에 계신
주님의 이름은 사랑이십니다.

천상으로 향하는 그 빛으로
새로운 걸음 걷고 싶습니다.

대지에선 생명의 함성이 울려옵니다.
하느님의 손길입니다.
"내가 너와 함께 있다."
"항상 감사하여라. 기쁘고 즐거워하여라."

송선희 클라우디아

행복은 불행의 종이 한 장 차이로
결과를 좋게 만드는 것이다.
다시 없는 인생의 괴로움에서 도망치지 않았다.
내 마음의 밑바닥을 들여다본다.
세상은 움직이고 나의 마음속엔
강물이 흐르고 있다.

1

어느
순례의
길로

자연의 소리 _2017.06.13.

갑천 너른 들에 작고 예쁜 노랑꽃이 가득 피었다.

해바라기 꽃 만발한 러시아 들판이 연상된다.

들꽃 사이를 누비며 나비와 벌들도 날아다닌다.

해 질 무렵에 나온 갑천으로 석양을 따라 감도는 강바람이 상쾌하다.

백로 두 마리가 집으로 돌아가려고 모래톱에서 기지개를 켜고 있다.

현란한 비경으로 매혹하는 거대한 산과 바다는 웅장하다.

이곳은 작고 소박하지만 보잘것없는 곳이라고 얕잡아 보면 안된다.

햇살 좋은 날엔 청아하고 화려하다.

물소리 바람소리 새소리 풀벌레소리로 천의 소리가 공존하고

수많은 꽃과 풀과 나무는 날마다 호흡하며 자란다.

강물은 잠잠하다 때론 성난 호랑이처럼 질주한다,

파란 창공이 하늘 위의 하늘과 이야기하고

봄, 여름, 가을, 겨울이 산과 산을 넘을 때
어둑한 산 그림자 너머로 새들이 둥지를 찾아갈 때
갑천은 영물이 된다.

젊은 아빠들이 올망졸망 어린 자식들을 앞세워
자전거 타고 갈 때의 꾸밈없는 표정은 원초적인 행복이다.
세상 것을 다 가진 자처럼 기쁨을 주체하지 못해서
표정관리 못하고 일그러져 웃는 얼굴은 삶의 예술이다.
바라보는 사람들마저 행복하게 만드는 소박한 즐거움이다.
오늘도 그 얼굴을 마주했고 돌아오는 길에 나도 웃음꽃밭을 달렸다.
땅에서 올라오는 흙냄새가 싱그럽다.
가톨릭성가 15장을 강물과 함께 불렀다.
"저 자연의 소리를 너 들어 보아라
얼마나 다정한지 미풍의 속삭임
우리 주 찬미하네 시냇물 소리도
저 새들도 우리 주님 찬미 노래해
다 찬미 노래 불러 그 고운 소리로
참 아름다운 주님 다 찬미하여라"

첫 만남 _2017.06.29.

어젯밤에 갑천이 범람할 위험이 있다는 재난문자가 오고 사이렌이 울렸다.
기습적인 폭우로 요란한 공포의 밤이 지나갔다.
오늘 아침 떠오르는 태양은 깊은 잠에서 깨어난 산뜻한 얼굴이다.
미사드리고 갑천에 나왔다.

언덕 위까지 물이 차올랐는지 지대가 낮은 산책로엔 진흙들이 범벅이다.
급류에 떠밀려온 모래들이 지천으로 쌓이고 부유물들도 걸려있다.
강물 속에서 여유롭던 갈대들은 등을 보이며 드러누웠다.
자전거 두 대가 흉물스럽게 물속에 박혀 있는데, 아마도 누군가 물살을 못
이겨서 자전거를 버리고 급하게 대피한 것 같다.
밤사이 몸살을 앓은 갑천은 곳곳에서 상처를 안고 있다.
자연의 위력이 대단함을 새삼 느낀다.

비가 내린 뒤엔 지렁이들이 많이 나온다.

여기저기서 허연 배를 뒤집고 안쓰럽게도 볕에서 몸부림치며 뒹굴고 있다.

"흙속에 가만있지 이 땡볕으로 머단디 나왔노?"

집으로 돌아오기 아쉬워 햇살 눈부신 강가에 앉았다.

새 물을 만난 아기 오리들이 물속으로 들어갔다 물 위를 날아가듯 헤엄치며, 새끼들 특유의 웃음소리를 낸다.

장난치는 모습이 어린아이들처럼 귀엽다.

나와 갑천과의 인연은 4년 전 여름이다.

아파서 거의 15년 동안 주일미사만 드리고 집 밖을 나와 보지 못하다가,

자전거 타고 나가는 막내를 따라 처음으로 갑천에 나왔던 날,

하늘과 바람과 생명의 땅에서 울리는 동화 같은 자연은 신선한 충격이었다.

잊힌 과거가 환생을 하듯 자아를 상실해 버린 가슴으로 빛이 들어왔다.

숨을 쉬고 살아있음이 실감났고, 갑천은 그 어떤 친구보다 가까운 벗이 되어 갔다. 집에 있으면 풀과 꽃과 새들

그리고 강물이 눈앞에서 삼삼하게 보였다.

소풍이라도 가듯 설레는 심정으로 다음날 새벽을 기다렸다.

첫눈에 반해버린 연인처럼 갑천과의 만남으로 혼을 빼버리던 어느 여름날,

아마도 보름쯤 지났던 것으로 기억한다.

토요일 아침이었는데 장대비가 거침없이 쏟아지고 있었다.

관절이 아파 우산을 들지 못하니까, 휠체어 위로 꽂아주면 나갈 수도 있을

것 같아 요한에게 말을 했더니, 아이들까지 나서서 지금 정신이 있느냐고 소리를 질렀다.

나가고 싶은 마음을 참을 수 없어 울다시피 하면서 해달라고 했다.

걷질 못하면서부터 이런 비가 내리는 날엔 나가본 적이 없었다.

할 수 없이 요한이 터진 우산 하나를 들고 따라 나섰다.

마땅한 신발이 없어 요한은 낡은 샌들을 신고 나왔는데, 갑천 입구에 도착했을 때 한쪽 끈이 통째로 떨어져버렸다.

몇 발자국 걸어도 견딜만하다 해서 맨발로 빗 속을 걸어갔다.

거침없이 흘러가는 강물소리와 쏟아지는 빗줄기는 삶의 희열이었고,

가슴 깊은 곳에 맺힌 응어리들이 풀려나갔다.

인적도 없는 곳에 바람이 잠들어버린 푸른 초원 위로, 수직으로 내리꽂힌 세찬 여름비 내리는 갑천은 낭만과 평화가 교차했다.

살이 오른 오리들이 거친 물살을 못 이겨 강물에서 나와, 풀밭 위를 뒤뚱 뒤뚱 걸어 다니는 모습이 힘겨워 보였다.

빗소리 강물소리로 우리들이 소곤거리는 소리는 들리지 않았다.

소리를 질러가며, "나오길 잘했지?"하면서 강변 산책로를 걸었다.

아, 아뿔싸.

저 멀리 맞은편 끝에서 멋진 중년 부부가 걸어오고 있질 않은가!

아주 큰 우산을 둘이서 한 개씩 쓰고 이 날을 즐기기 위해서 거니는 여유로운 모습이었다.

외나무다리처럼 돌아서서 가지 않으면 마주쳐야 할 텐데 어떻게 할까?

그렇다고 여기에서 돌아서기엔 왠지 아닌 것 같았다.

나도 모르게 요한을 쳐다봤다.

물에 빠진 생쥐? 맨발의 노숙인?

비를 쫄딱 맞아 허름한 옷은 늘어지고 듬성한 머리칼은 갈라져서,

한 손엔 버리지 못한 샌들까지 들고 있었다.

제대로 씻지도 않은 헝클어진 내 머리카락은 휠체어랑 엮이어,

딱 봐도 우리는 동네 알거지들이었다.

가까이 마주쳤을 때 마음 안에서 소용돌이가 일었다.

'저 부부를 쳐다봐야 하나 말아야 하나?'

호기심을 이길 수 없어 눈동자를 들어버렸다.

훤칠한 키에 파스텔 톤의 산뜻한 옷차림은 세파도 비켜서버린 모양새였고,

중후한 멋을 풍기며 활짝 웃는 환한 미소가 우리 둘의

초라함에 초칠을 해버렸다.

극과 극이 부딪히면 소리가 나는 것이 자연의 이치일까?

멀찌감치 떨어진 뒤에 우리는 누구랄 것도 없이 멈춰서야 했다.

웃음이 터져서 더 이상 갈 수 없었고 서로의 꼬라지는 보면 볼수록

가관이었다.

포효하는 강물소리와 함께 뱃가죽이 아프도록 웃었다.

패잔병들의 동지애 같은 즐거움이었다.

나는 왜 하느님을 믿는가? _2017.07.22.

미사 끝나고 후끈한 열기가 두려워 몇 번을 망설이다 갑천에 나왔다.

기나긴 장마로 훌쩍 커버린 초록풀들이 어서 오라고 반갑게 맞아준다.

흐린 하늘 아래 풀잎 끝엔 물방울들이 맺혀서 구슬처럼 빛난다.

거센 물살에 넘겨졌던 갈대들은 허리가 굽은 채 일어났다.

살기 위해 사투를 벌이다 이파리 끝은 누렇게 죽었고, 굽은 등 너머엔 그지경인데도 소시지마냥 기다란 대롱을 안고 있다.

수려하던 위상은 간 데 없고 열매까지 매달고 있는 지친 모습이 애처롭다.

생로병사 무거운 짐을 지고 가는 인간사 험난한 길이 연상된다.

생명을 지니고 태어난 이상 모두 다 겪어야만 하는 고난인가 싶다.

더위를 피해 다리 밑에서 쉬었다.

물이 흐르는 곳에 송사리 떼가 무리지어 팔딱거리며 잔잔한 물살을 따라가다 거슬러 올라가길 반복한다.

22

어쩌면 저리 신나게 놀까? 박자에 맞춰 춤을 추는 모양새다.

오리들도 먹이를 찾아다니고 잠자리 떼는 빙글빙글 원을 그린다.

이처럼 생생하게 살아 있는 자연과 접하면, 마음 안에 주름살이 펴지고 나도 모르게 얼굴 가득 미소가 번진다.

지금 이 순간은 내 생애 가장 젊은 날이자 내 남아있는 생의 첫날이다.

다시 시작하는 마음으로 바라보는 오늘이 더욱 새롭고 신선하다.

며칠 전 성체강복 시간에 신부님이 '나는 왜 하느님을 믿는가?'라는 주제로 묵상을 해 보라고 했다.

나에게 묻는다. '나는 왜 하느님을 믿는가?'

스물한 살에 요한을 만나 4년을 사귀었고 스물다섯 살 2월에 약혼식을 했다.

그날 밤 같이 있자고 술기운에 졸라서 따라갔는데 임신이 되어버렸다.

결혼식은 겨울로 예정되어 있었다.

아직 때가 아니라며 요한은 친구들도 많이들 한다면서 낙태를 하자고 했다.

나이도 나보다 네 살이나 많고, 좋은 학교도 다니고 있고, 무엇보다 남자라서 아주 똑똑한 줄 알았다.

난 순진했고 수동적이었다.

막연하게 뭔가 불안했지만 그냥 그 말에 따랐다.

낙태란 나의 필요에 의해서 하고 싶으면 하는 것인 줄만 알았다.

그 땐 동네마다 산부인과가 있었고 아무데서나 쉽게 할 수 있었다.

아, 그러나 하늘이시여!

무지가 이토록 평생 씻을 수 없는 고통을 낳을 줄 몰랐다.

태아도 생명임을 알았더라면 그렇게 하지 않았을 것이다.

춘삼월 햇살은 잠자는 생명들을 깨웠고, 앙상한 가지에서 여린 싹이 나올 때 그 충격은 너무 컸다.

하찮은 식물에도 저토록 강인한 생명력이 존재하고 있는데, 내가 무슨 짓을 해버린 것인가?

태아도 소중한 인간의 생명임을 왜 전혀 헤아려보지 않았을까!

이유를 알 수 없는 울음은 수시로 터져 나왔고, 눈을 들어 바라보는 모든 것들이 생명이란 이름으로 시도 때도 없이 나에게 파고들었다.

용서를 청한들 무슨 의미가 있을까마는

태어나보지도 못한 생명 앞에 무릎 꿇어 사죄한다.

낙태를 하고 이틀 후에 하혈을 해서, 산부인과를 두 군데를 옮겨가며 지혈이 되었지만 몸은 이상반응을 보이기 시작했다.

손가락 발가락부터 관절들이 아파왔고 여름이 되어도 추웠다.

낙태하기 전에 양가 부모님께 말씀을 드렸더라면 그런 우는 범하지 않았을 것이다. 아직 세상 물정을 모르는 철부지였으니까 어른들과 상의를 했더리면 얼마나 좋았겠는가!

혼자서 한의원으로 병원으로 다니면서 치료를 해봤지만, 몸은 회복이 되질 않고 점점 악화되어 갔다.

1년 후에 혈액검사를 했는데 류마티스 관절염이라 하면서 현대의학으로는 치료가 불가능한 불치병이라 했다.

나는 불가능이란 말을 받아들일 수 없었다.
노력하면 좋아지겠지 생각하고 한약을 먹었지만 효과가 없었다.
건강 서적을 뒤지다가 단식을 하면 피가 맑아져 병이 치료된다 해서 14일
단식하다 쓰러졌다.
서울대병원에 입원했는데 아스피린계통의 진통제가 약이었고 저녁이면 호
흡이 멈춰버렸다.
일삼아 들숨 날숨을 쉬고 대여섯 시간을 시달리고 나면 숨쉬기는 정상으
로 돌아왔다. 아마도 단식하고 몸이 회복이 되지 않은 상태인데 양약을 먹
어서 그러지 않았을까 추측해본다.
다시 한방으로 나아보려고 경희대병원 한방과를 찾아갔지만, 병이 심각해
서 백 명에 한명 건질까 말까한 상태라며 입원을 거부했었다.

몸 안에서 치솟는 열과 함께 어느 땐 손목이 어느 땐 발목이 떨어져버릴 것
처럼 아팠다.
진통제를 먹으면 다시 숨이 쉬어지질 않았다.
병은 급격하게 악화가 되었고 극심한 통증과 함께 죽음 앞에 있었다.

소크라테스는 말했다.
"인생은 언제나 단 한 번의 선택을 해야 한다. 살면서 수없이 많은 선택의
갈림길 앞에 서지만, 기회는 늘 한 번 뿐이다. 순간의 잘못된 선택으로 인

한 책임은 모두 자신이 감당해야 한다."
그 시간을 다시 되돌릴 수만 있다면 얼마나 좋을까?
인생이란 나의 의지에 따라 노력한 만큼 주어진 것인 줄만 알았다.

내 안에서 곱게 자란 파랑새는 지평선 저 너머로 날아가 버렸다.
나를 향해 쏟아지는 갈채를 안고 끝 모르게 펼쳐지던 화려한 희망은,
빛바랜 흑백사진이었고 물거품이었다.
생각할수록 후회스럽고 후회스럽다.

갑자기 찾아온 죽음은 받아들일 수 없었고 살고 싶었다.
이 세상 미련을 접기엔 젊었고 죽음에 대한 아무런 준비가 없었다.
죽으면 천국과 지옥이 있다던 그토록 피해 다닌 옆집 사는 개신교 언니
말이 생각났다.
그곳에선 영원히 산다던데 빨리 죽더라도 천국은 가야하지 않겠는가?
천국에 갈 수 있을 만큼의 준비기간 만이라도 살려달라고 내가 모르는
신을 향해 빌었다.

아, 신이시여!
이토록 길고도 기나긴 기막힌 운명이 기다리고 있을 줄 알았더라면
저의 모든 죄를 용서해 주시고 빨리 데려가 달라 했을 것이다.
엄마가 병간호하다 석 달 만에 가시고, 바로 밑에 동생이 와서 내 수발을
들어주고 있었다.

운명을 쥐고 있는 거대한 신 앞에 엎드려 절했다.

요한과 동생과 셋이서 집에서 가장 가까운 수원에 있는 고등동성당을 찾아갔다. 가는 날이 장날이라고 그 날은 공교롭게도 6개월에 한 번씩 있는 예비자 환영식 날이었다.

그토록 매달리고 온몸으로 충성하면, 전지전능하신 하느님께서 나를 치유시켜 주실 줄 알았다.

아픈 몸을 끌고 발바닥이 닳도록 성당을 찾아갔지만, 나의 기도는 바람이 실어가 버리는 건지 구름이 삼켜 버린 건지, 아니면 내 목소리가 너무 작아 들리지 않은 건지 허허로운 몸부림이었다.

이토록 한 인간에게 가혹하셔도 되느냐고 참으로 많이도 대들었다.

책을 읽다가 나의 필요에 의해서만 바치는 기도는, 이기적인 신심이란 걸 알고 진심으로 뉘우치기도 했다.

병에 좋다는 온갖 것은 다 먹어도 안 되는 백약이 무효인 몸은 하느님께도 통하지 않았다.

성당 문을 지나 집으로 향하는 길목에서 바라보는 태양은, 나에게 등을 돌려 다른 곳만 환히 비추고 있었다.

절반은 죽은 상태에서 딱 죽어버리지도 않고 35년이란 세월을 살아오고 있다.

신앙이란 무엇일까?

어느 컴컴한 방 안에 검은 고양이가 있다 하여 손을 뻗쳐 찾았지만 찾을

길 없어, 불을 켜고 살펴보니 고양이는 간 데 없고 발자국만 있었어라.

지금 다시 물어본다. "나는 왜 하느님을 믿는가?"
하느님께선 조용히 다가와 이르신다.
인간은 누구나 자기가 감당해야 할 십자가가 있고, 그건 누가 질 수 있는
것이 아니라 자기 스스로 보듬어 안고 가야 하는 것이라고.
때론 위급한 순간에는 개입도 하시고, 때론 누군가에겐 기적도 행하시지
만, 주님께선 되도록 초자연적인 현상을 나타내시길 주저하심도 막연히 느
낀다.

한낮에 불어오는 바람이 강물 위를 서성이고 있다.
나도 가던 길을 멈추고 푸른 잔디 너머에 울창한 소나무 숲을,
그리고 그 너머에 펼쳐진 하늘을 바라본다.

'주님의 집은 어디에 있습니까?
머나먼 나의 집 하느님 나라 본향을 향하여 돌아가는 날.
성인들과 천사들의 환호소리 울려 퍼지는 천상향기 가득한 그곳에서
그토록 찾아 헤매던 예수님과 성모님 품에 안겨, 반가움과 그리움으로
목 놓아 울 수 있기를 빌어 봅니다.'

가을날의 수채화 _2017.10.23.

올 봄엔 가물어서 애를 태웠다.

장마가 시작되면서부터 빗님이 내리더니 초가을까지 줄기차게 내렸다.

오늘처럼 쾌청한 날이면 산과 강은 더욱 화사하고 밝아 보인다.

깊어가는 가을 정취가 물씬 풍긴다.

며칠 전 갑천의 풀들을 모조리 깎아버려서 아쉽다. 들판이 휑하다.

비둘기들 수십 마리가 먹이를 먹느라 사람들이 지나가도 피할 생각을 않는다.

비둘기들은 "우욱우욱"하고 크게 소릴 지르면 깜짝 놀라서 한꺼번에 날아 오른다.

날개를 펼칠 때 파닥거리며 내는 소리는 인공적으로 따라 할 수 없는 순수한 자연의 소리이다. 햇살 아래 은빛 날개를 수평으로 펼치며 무리지어 날아가는 모습도 장관이다.

혼자 다니면서 심심할 때마다 비들기들을 놀래 주며 많이 괴롭혔다.

오늘도 "욱욱"하고 크게 소리 지르니까 비둘기들은 어김없이 날아갔다.
저만치에 앉아 있는 비둘기들에게 다가가 계속 장난치고 싶지만, 그동안
너무 심하게 괴롭힌 것 같아서 오늘은 참기로 했다.

비둘기들은 양팔을 벌리고 동시에 한쪽 다리를 들면서, "욱"하고 큰소리를
내면 기겁을 하고 도망친다.
언젠가 여학생들이 그런 포즈를 하고 시뻘건 얼굴로 배꼽을 잡고 웃어서,
요한도 똑같이 따라 해 봤다.
내가 괴롭힐 땐 살짝 놀라는 척만 하는데, 천적이라도 만난 듯이 멀리 날아
가 버렸다.

어쩌면 나도 비둘기들처럼 살고 있을 것이다.
잡을 수 없는 환상을 쫓고
있지도 않은 허상에 속아 가며
부질없는 것들 붙들고 갈팡질팡한다.

오늘따라 가을볕이 따뜻한 온돌방에 누워있는 것처럼 몸에서 반긴다.
갑천만 돌고 집으로 가긴 뭔가 허전하고 아쉽다.
강 너머 유림공원에 국화축제 하니까 한 바퀴 둘러보자고 들어갔다.
어머나, 이토록 예쁘고 많은 국화꽃들이 꽃단장을 하고서 우리들을 기다
리고 있을 줄이야.
천국을 가면 이럴까?

공원 입구에 두 팔 벌린 예수님상이, 두 손 모아 기도하는 성모상이 있다면 여기가 바로 지상낙원일 텐데 생각하다, 내가 예수쟁이가 다 되었구나 싶어서 혼자 피식 웃었다.

터널처럼 꾸며놓은 국화 꽃길 입구에 어린이집 아이들이 줄지어 오고 있다. 아이들이 지나가도록 비켜서 있는데, 가만 보니까 이놈들이 꽃을 본 게 아니라 내 얼굴과 휠체어만 쳐다보고 있다.
처음으로 이걸 타고 나갔을 때 보았던 저 눈빛.
호기심이 불을 뿜어대는 눈동자를 오늘 다시 여기에서 보게 되었다.
'얘들아, 예전엔 너희들 눈동자가 두려워 밖을 나오려다 말고 망설였지만, 이젠 여유롭게 쳐다볼 만큼 나도 많이 변했어.
쉼 없이 흘러가는 시간은 신이 허락하신 만병통치약이잖니.'

맨 처음 휠체어를 타고 나갔던 때가 파란하늘아래 알알이 박혀온다.
이걸 타고 다닌 지도 벌써 15년이 지난 것 같다.
상대방이 나를 바라보는 눈길은 어김없이 내 앞에서 한 번 꺾여 돌아왔다.
나에게서 낯설게만 느껴진 휠체어는 완전한 나의 것, 나만의 전유물이었다.
나는 평범한 사람과 감정을 공유할 수 없는 다른 부류의 독특한 인간, 아니 우주에서 온 날아온 외계인처럼 많은 사람들이 뜨거운 반응을 보였다.
오뉴월에 보리밥 퍼지듯이 무조건 웃어주는 사람
나와 눈이라도 마주칠까 봐 고개 돌려 외면하고 가는 사람
불쌍하다며 혀를 끌끌 차고 가는 사람

젊은이가 왜 이걸 타고 다니느냐고 내 앞을 가로막고서 묻는 사람
내 그림자가 사라질 때까지 가던 길을 멈춰 서서 쳐다보는 사람.
언젠가는 막내랑 함께 길을 가는데, 어떤 아이가 엄마에게 말했다.
"쟤 엄마는 장애자지? 맞지?"하고 있었고, 그 엄마는 두 손으로 아이 입을
틀어막으며 난감해 하고 있었다.
순간 막내를 쳐다봤고 막내는 나를 보며 활짝 웃어 주었다.
나도 주름진 얼굴에 웃음을 만들었다.

지금도 순간순간 뜨거운 반응이 전달되어올 때가 있다.
이젠 당황하지 않고 지긋이 바라볼 만큼 많이 세련되어졌다,
한술 더 떠서 인생이 별거더냐 하는 낯빛으로 미소 지을 때도 있다.

가을 하늘 새파랗다. 살아 있음이 축복이요 행복이다.
예쁜 꽃들은 카메라에 담았지만 이 향기는 어이할까?
국화 향기엔 나의 여고시절 가을이 있다.
수업이 끝나고 운동장 옆 화단 청소하던 날이면, 석양을 따라 해바라기와
국화가 고혹한 자태를 드리우며 만발해 있었다.
해바라기씨를 까서 한입 물면 거기서 바람에 흔들리던 국화 향기와 꿀벌들
까지, 그 가을 속으로 달려가고 싶다.
눈길 머문 곳마다 가을이다. 가을은 참 예쁘다.

경제적 자유 _2017.10.25.

어젯밤엔 잠을 설쳐서 컨디션이 좋질 않다.

미사만 드리고 들어오려다 햇살이 유혹해 갑천에 나왔다.

익어가는 가을 해가 몸 안의 피곤을 몰아낸다.

흑백의 미와 직선과 곡선이 조화를 이룬 까치 한 마리가 너른 들을 혼자
서 걸어가고 있다. 친구는 어디로 갔을까?

쓸쓸한 걸음걸이 너머로 닥터지바고의 영화음악이 흘러나온 듯하여,

지바고의 고독이 스치고 지나간다.

잔잔한 강물 위엔 파란 하늘 흰 구름이 내려앉았다.

허전함이 잠시 스쳤지만 평온이 서성이는 아름다운 가을날이다.

한 줄로 길게 펼쳐진 강둑길에 억새가 은빛으로 흔들린다.

살아갈수록 부부지간엔 대화보다 침묵이 가깝게 느껴질 때가 많다.

자전거와 휠체어로 말없이 가는 길에 친숙한 정이 함께 걷는다.

산책로 옆 언덕배기에서 아저씨들이 풀을 깎는다.

저 풀들은 가을을 즐기려고 부지런히 자랐을 텐데 얼마나 아플까?

어서 다시 자라나 환하게 웃고 나왔으면 좋겠다.

굉음에 가까운 풀을 깎는 예초기 소리는 가까이서 들으면 힘들게 하는 소음이다.

좋아서 저 일을 하는 분들도 더러 있겠지만, 고생해서 하루 일당을 받아 가면 사랑하는 가족들과 며칠간 살아갈 생활비가 될 것이다.

돈은 참으로 알 수 없는 존재이다.

집착하면 안 되고 무시하면 더욱 안 된다. 없으면 살아갈 방법이 없다.

많은 분들이 걱정 없이 쓸 수 있을 만큼을 원하지만, 아이러니하게도 그 초심은 끝없는 욕망으로 지배당해 버리기 십상이다.

하나를 갖고 나서 둘을 가지고 나면, 셋을 가지고 여유롭게 사는 사람이 보인 것이다. 왜 그럴까?

돈이란 짜디짠 바닷물과 같아서 마시면 마실수록 갈증이 더하고, 잿빛 유령처럼 악랄하게 탐욕을 불러들인단다.

돈에 대한 두려움과 욕망을 통제할 수 있을 만큼의 경제적 자유가 주어지면 좋겠다.

오늘은 참 이상하다. 새들이 한 마리도 안 보인다.

다들 어디로 갔을까?

요한의 엉성한 머리칼만 바람결에 흩날리고 있다.

그러고 보니 얼마 전에 맞춘 가발을 왜 안 썼을까?

비어버린 대머리가 스트레스라고 해서, "퇴직하고 나면 어디 가서 돈 벌어야 하니까 젊어 보이게 가발을 하나 맞출까?" 했더니, 너무 좋아하며 곧바로 가발 가게를 찾아갔다.

가기 전에 신발을 신다 말고 "근데 2개 할까?" 하면서 즐거워했다.

"뭔 소리래?" "빨고 하려면 말이야."

"하나도 80만 원인데 두 개나?" "아, 나는 돈은 생각 못했지."

순간 맹수 이야기가 생각났다.

처음부터 야생에서 길들여진 맹수는 스스로 먹잇감을 찾아다니면서 홀로 서기가 되어 있지만, 동물원에서 사육사가 준 먹이만 먹고 살아 온 맹수는, 늙어서 상품 가치가 떨어졌다고 우리에서 쫓겨나면, 그때부터 야생으로 나와 먹잇감을 찾으러 다니지만, 이미 맹수로서의 감각은 상실한 상태고 기력도 쇠진하여, 목숨을 연명하며 살아가기가 쉽지 않다는 이야기이다.

젊어서부터 개업을 하고 자력으로 살아오신 분들은 거친 삶에 단련이 되어 있지만, 직장에서 월급을 받고 사신 분들은 퇴직하고 나서 개업할 때,

마음만 앞서다 보면 낭패를 볼 수도 있으니까, 신중하게 여러 가지를 고려하라는 말인 것 같다.

갈라진 틈 사이로 빛이 들어왔다 _2017.11.01.

오늘은 바람이 차서 미사만 드리고 곧바로 집으로 왔다.

11월 1일은 모든 성인 대축일이다.

수많은 성인들은 인생 숙제를 어떻게 풀어 내서 거룩한 삶을 사셨을까?

하 안토니오 신부님 연미사를 20번 넣었더니 미사시간마다 신부님이 생각

난다. 1950년도에 독일에서 우리나라에 오셔서 부산에서 평생을 사셨다.

신부님은 우리나라에 파티마 성모님을 전파하셨다.

파티마 성모님이 발현하시고 100년이 지난 마지막 날

2017년 10월 13일에 신부님은 선종하셨다. 하늘나라의 신비다.

파티마 성모님은 포르투갈 코바다이리아 계곡 위 하늘에서

1917년 5월 13일부터 매월 13일마다 3명 어린이들에게 5번 발현하셨고,

1917년 10월 13일이 마지막 발현이었다.

그 날은 10분 동안 태양의 기적이 일어났고 그 때 수많은 병자들이 치유되

는 기적도 일어났다.

내가 먼저 갈 줄만 알고 내 죽어 장례미사 하는 날 신부님 오시려나?
했는데, 비글거린 나보다 고령이 저승길 가기가 쉬웠나보다.
15년 전으로 기억한다.
부산 전체 셀(cell) 기도 모임이 만덕성당에서 있었을 때 처음 뵈었다.
생면부지의 나에게 다가와 "고생 한다. 얼마나 힘드니?"하셨다.
어눌한 한국말과 따뜻한 눈빛은 잊을 수 없다.
아프고 나서 인간에게서 느껴보는 가장 큰 위로였다.

고통이란 울타리에서 한 치 앞이 안 보일 때 무인도가 연상되었다.
성당에 열심인 교우일수록 위로한답시고 하는 말이, 염장을 질러댈 때가
한두 번이 아니었다.
하느님이 너를 너무 사랑해서 그렇다느니
네가 그 고통을 감당할 수 있어서 너에게 주는 거라느니
네가 무슨 큰 죄를 지었으니 똑바로 뉘우치라느니
좋은 남편 있음에 감사하라느니...
색상도 다채로운 화사한 옷을 입고 분칠한 얼굴에선 야리꾸리한 향을 풍기
며, 감정을 소통할 수 없는 바리사이 여인, 아니 엄격한 사감 같은 이방인
처럼 다가왔다.
받아들이기 힘든 고통으로 인해 나에겐 여유가 없었다.

불필요한 참견, 부적절한 충고, 과도한 위로...

고통을 당하고 있는 사람 앞에서는 아무리 옳은 소리도 들리지 않는다.

내 생각과 말이 필요 없다.

같이 앉아 가슴으로 받아주고 함께 울어주면 된다.

환자를 방문할 땐 저 고통 앞에 무엇이 가장 절실할까?

무엇을 도와줄 수 있을까?

신중하게 행동하고 진정으로 다가가야 상처받지 않는다.

언어는 존재의 집이라 한다.

하 안토니오 신부님을 만난 다음 날, 너무 좋아 신부님이 계신 동향성당을 찾아갔고 며칠 후에 신부님으로부터 전화가 왔다.

성당 사무실에 전화해서 우리 집 전화번호를 아셨단다.

신부님은 생각날 때마다 전화하셨고 나도 때론 찾아뵈었다.

그러다 강의를 하고 받았다며 돈을 주셨는데, 미안한 마음에 더 어려운 사람 주라고 안 받았다.

그걸 주려고 일부러 우리 집엘 들르셨는데 생각이 짧았다.

타인의 친절에 대처를 잘해야 한다.

우리는 십여 년 전 부산에서 대전으로 이사를 왔는데, 노구의 몸으로 거다란 캐리어를 끌고 2번이나 찾아오셨다.

대전에 볼일이 있어서 오시면 내가 생각이 난다고 하셨다.

다리도 불편하셨고 하루 길에 부산까지 내려가려면 빠듯한 시간이었다.

얼간이를 방불케 한 나에게 "귀한 사람 고생한다."하시며 안수해 주고 바로 가셨다.

신부님들은 신자들에게 후한 대접을 받고 산다.

나처럼 보잘것없는 이들은 잘 보이지 않고, 마음을 쓰기란 더욱 쉽지 않음을 잘 안다. 언젠가는 전화해서 기도 중에 항상 기억하는데 똑같이 아프냐고 물으셨다.

북한 동포들과 죄인들의 회개를 위해서, 나의 고통을 잘 참고 봉헌하라 하셨지만, 처음엔 신부님 말씀을 받아들일 수 없었다.

고통을 당하는 것도 억울한데 그걸 누군가를 위해서 봉헌하라니, 내가 무슨 봉이냐?

나의 완악한 마음은 수도 없이 깨지면서 조금씩 사라지고 있다.

가을날의 산행   _2017.11.02.

날이 포근해서 산내공원묘지에서 있는 위령미사에 갔다.

이곳도 현충원처럼 반듯하게 잘 닦여 있는 줄 알았다.

비탈진 능선을 따라 한참 올라간 산 중턱 어느 메에 자연 상태 그대로

묘지들이 있었고, 여기가 산내공원묘지라 한다.

이런 곳인 줄 알았으면 오려고 엄두도 못냈을 건데 얼떨결에 오게 되었다.

비탈진 언덕 위에 제대가 있어서 가까이는 들어갈 수 없었다.

주교님 목소리는 휴대용 마이크를 사용해서 작게 할 땐 들리지 않았다.

"과거를 사는 사람은 우울감에 살고

미래를 사는 사람은 불안 속에서 살며

현재를 사는 사람은 행복 속에서 삽니다.

미래를 생각하면 불안하지 않을 사람 하나도 없으니 지금 이 순간을 행복

하게 사세요."

이 말씀은 또렷하게 들렸다.

아, 미래에 대한 공포.

관절이 아파 몸이 점점 변형되어 갈 때, 통증보다 더한 것은 미래에 대한 불안이었다.

혼자 힘으로 살아갈 수 없을 땐 어떻게 되는 것인가!

그 불안을 견딜 수 없어 온갖 미친 짓을 다해버렸다.

미래에 대한 두려움이 나만의 문제가 아님을 이제야 알았다.

순간의 난제들만 바라보고 해결하면서 기쁨과 행복이 동행하길 빌어본다.

그 어리석은 깊은 늪에서 이제는 벗어나고 싶다.

울창한 산속을 휘도는 진하고 강한 측백나무 향이 신비롭다.

측백나무 잎을 뭉개서 코앞에 들이민 것만 같다.

잠자는 세포와 영혼을 흔들어 깨운다.

눈길 머문 곳마다 아름드리 커다란 나무 둥지들도 보인다.

차디찬 눈보라와 모진 바람에 젖은 세월이 만만치 않았을 것 같다.

높고 깊은 산 중턱, 내가 이런 곳에 와 본 지가 얼마만인가?

이토록 크고 수려한 나무들이 빽빽한 곳에 와 있음에 놀랍다.

교우들이 묘지에 모여서 미사를 봉헌하면 연옥에 있는 영혼에게 도움이 된다고 해서, 지난 3월에 돌아가신 친정 아버지를 기억하며 왔다.

나는 아버지를 생각하면 다정다감한 좋은 것들만 기억난다.

내가 시집가자마자 많이 아파 정신없었을 때 아버지는 그 때 바람을 피우다 들켰더란다. 엄마는 독하게 마음먹고 용서를 하다가도, 이상한 기미가 보이면 주체 못할 감정이 올라와 치가 떨린다고 했다.

왜 안 그렇겠는가!

그게 얼마나 상처가 큰지 돌부처도 돌아눕는다는 말이 있다.

나에겐 그토록 좋은 우리 아버진 엄마 가슴에 못을 박아 아직 연옥에 계실까?

부모님은 우리 집 걱정으로 하루도 마음 편할 날이 없었다.

광주 근교에 땅을 일궈서 봄부터 가을까지, 온갖 것을 키워 사흘이 멀다 하고 택배로 먹거리를 보내주셨다.

늦가을이면 호박이랑 감, 고구마, 토란이 베란다에 수북이 쌓였다.

울창한 산골짜기 너머로 아버지 얼굴이 선명하게 보인다.

집 근처를 벗어나 보질 못해 아버지 장례식날도 나는 가지 못했다.

주님께서 우리들이 지은 죄 모두 용서해 주시고

부디 천국 낙원에서 외롭지 않게 평안하시길 기도드린다.

너무 힘들 때면 난 무덤이 생각났다.

그 곳에 묻혀있는 영혼들은 얼마나 편안할까?

바로 고통 없이 들어가 버리고 싶었던 무덤들이 눈앞에 널려 있다.

숨쉬기가 조금만 수월해도 이승에서 좀 더 살고 싶다. 왜 그럴까?

가족들과의 인연의 끈 때문이리라 미루어 짐작해본다.

산내공원묘지에서 돌아오는 길엔 도심을 가로지르는 유등천, 대전천, 갑천 이 흐르고, 은행나무, 벚나무 가로수 길은 화려하게 불타오른다.

산들은 나지막하고 바람도 드세지 않다.

대전은 시민들 삶의 만족도가 높은 도시답게 매력적인 도시이다.

뜻밖의 가을날의 산행,

아프기 전엔 시간만 나면 산을 탔는데 오랜만에 색다른 경험을 했다.

배가 고파 밥을 든 손이 떨리고 구수한 밥 냄새도 난다.

공원묘지에서 사진을 찍었어야 했는데 아쉽다.

휠체어로 가파른 산길 내려오는 것에 신경 쓰기 바빴다.

삼삼오오 모여서 주교님을 향해있는 산 언덕은 예수님께서 산상수훈을 설교하셨던, 영화 속 나자렛 예수님이 살았던 이스라엘 언덕과 흡사해 보였다. 언제 다시 거길 갈 수 있을지, 너무 멀고 높아서 또 가겠단 말이 안 나온다.

강하고 향긋한 측백나무 향이 때때로 그리울 것 같다.

마음의 중심 _2017.11.04.

오늘은 신학교를 졸업한 새 신부님들이 자기 출신 본당에서 첫 미사를 드
린다. 하늘 문이 열리고 성령의 빛이 쏟아진 거룩한 날이란다.
가까운 만년동성당에서 미사가 있어 요한이랑 가기로 하고 잠을 자려는데,
다른 날보다 통증이 심해 잠자기가 힘들었다.
새벽 4시쯤 요한을 깨워 엉덩이 관절 좀 만져주라 해서 잠이 들었다.
잠이 들어도 통증 때문에 깨서 수시로 자세를 바꿔 줘야 한다.
몸 상태가 좋질 않아 몇 번을 망설이다 미사에 갔다.

만년동성당은 밝고 깔끔해서 아주 정갈한 느낌이다.
아기에수님을 안고 계신 성모님은 단아한 한복을 입으셨다.
'포근한 어릴 적 엄마랑 어쩌면 저리도 닮아 보일까?'
동네 아이들과 초등학교 3학년 때 읍내로 주산 시험을 보러 가던 날
5리길을 달려서 뒤따라온 엄마는, 점심때 굶지 말고 풀빵 사먹으란 말을 하

44

시며 돌아서 가셨다.

만년동성당 성모님 얼굴에 아픈 그리움이 되어 버린 그날의 엄마 목소리가 있었다.

오늘 첫 미사를 드리는 새 신부님은 일반 대학을 나와서 직장생활을 하다가 신학교를 갔더란다.

신부님 한 분이 탄생하기까지는 십여 년이 걸리는 쉽지 않은 과정이다. 신부님이 되는 그 날은 다시 머나먼 여정의 출발점에 서 있다.

삼십여 년 전 처음으로 성당에 갔을 때, 그곳은 완전히 다른 세상이었다.

신부님 수녀님들은 천상에서 내려온 천사님처럼 보였다.

우리들이랑 아주 다르게 사는 줄만 알았다.

화장실에서 나온 신부님을 보고 깜짝 놀랐다.

까만 옷을 입고 살면서 잠도 그걸 입고 자는 줄만 알았다.

어느 날 사복을 입은 신부님 모습을 보고 더욱 놀랐다.

이슬만 먹고 성스러운 말만 하면서 항상 웃고 사는 줄만 알았다.

어떤 신부님 이야기이다.

자매님들 몇 명이 지나가면서 신부님이 곁에서 듣고 있는 줄도 모르고,

우리 신부님은 키가 저리 작아서 신부가 되었겠지 하더란다.

한밤중까지 자신의 지난 감정들이 되살아난 신부님은 무척이나 괴로워,

모든 영성을 총동원해 겨우 한 숨 붙이고 새벽 미사에 갔는데,

그 자매님들이 나타나 생글생글 웃으며 "신부님 안녕하세요?"

언제 그랬냐는 듯 인사를 하더란다.

"이년들아, 내가 안녕해 보이냐?"

신부 체면에 차마 내지를 수 없어 입안에서 삼켰노라 했다.

이젠 신부님에 대한 환상을 많이 지웠다.

열심히 도를 닦고 사는 한계를 지닌 똑같은 인간임도 알았다.

결코 쉽지 않은 길이다.

우리들의 기도가 사제를 지탱해 주는 힘이라 한다.

부족하지만 요한과 묵주기도 바칠 때 사제들을 위해서도 기도한다.

주님께선 나에게 아들을 셋이나 맡겨 놓았다.

아무도 신학교에 가겠다고 하질 않는다.

아이들이 저토록 완강하게 거부를 하는 데는 여러 가지 이유가 있겠지만,

신앙의 모범을 보이지 못한 내 탓이 가장 클 것이다.

언젠가 큰 놈이 도서관 간다고 나가더니 한 시간도 안 되어 새파랗게 질려 들어왔다. "어디가 아프냐? 왜 그리 힘들어하느냐."

금방이라도 쓰러질 것처럼 보였다.

아무것도 모르는 나에게 놀라운 사실을 이야기했다.

여자 친구를 오래 사귀었는데 공부하러 대전에 내려온 사이에 환승을 해버 렸단다. 여기서 환승이란 다른 남자로 바꿔서 사귈 때 한 말이다.

밤에 여자 친구가 살고 있는 부산에 갔다가 헤어지기로 하고 새벽차로 왔 다고 했다. 참으로 막막하고 난감했다.

이럴 땐 어찌 해야 하는가? 병원을 가서 해결될 일도 아니었다.

위로한답시고 세상에 널려있는 게 여자라고 말을 하다가, 아무도 없는 성당에 가서 실컷 울어 보라 했다.

맺힌 울음을 토해 내 버리면 좀 후련하지 않겠느냐 했더니 집을 나섰다.

저토록 힘들어하는 놈 뒤통수에 대고 혹시나 기대를 갖고, 힘들 때가 기회다 싶어서 "울다가 숨 좀 쉬어지거들랑 너도 신부님 될 수 있는지 예수님께 물어봐라." 기다려도 원하는 답은 없었다.

아직 젊고 어린 나이에 그 길을 가기란 쉽지 않을 이야기다.

주님의 부르심이 있어야 갈 수 있는 길이란다. 부디 어느 길을 가더라도 세상 유혹에 흔들리지 말고 잘 살아 주길 빈다.

미사 끝나고 밥도 준다니까 먹어 보자고 성당 2층에 있는 식당으로 왔다.

만년동성당 자매님들이 맛있게 음식을 만든 것 같다.

난 밖에선 거의 밥을 먹어 보지 못했다.

대부분 음식들이 식품 첨가물이 들어 있어 관절통증 올라오고, 집에서는 의자가 낮아서 그나마 숟가락질이 쉬운데, 휠체어는 높아서 누군가 밥을 떠먹여 줘야 한다. 한 입씩 받아먹다 보면 나의 민낯을 드러내는 것 같아 많은 용기가 필요하다.

70대 부부 두 쌍이 있는 자리가 비어 있어 합석을 했다.

맞은편에 앉은 요한이 한 입씩 떠먹여 줬다.

설렁탕 국물 맛이 구수했다. 국물 속에 당면 건더기는 내 입에 도착하기 전에 숟가락에서 미끄러져 버릴 것 같아, 요한은 밥알만 떠먹여 줬다.

오늘따라 매끄럽고 가느다란 게 맛있어 보였지만 바라만 보았다.

아는 사람들도 안 보이고 해서 밥을 받아먹기가 부담스럽지 않았다.

아픈 팔을 움직이지 않아도 되니까 오히려 좋기까지 했다.

틀니가 시원찮아 말랑한 새우튀김 달라 하며 맛있게 먹고 있었다.

갑자기 맞은편에 있는 할머니가 요한에게 관계가 어떻게 되느냐고 묻는다.

'아니 저 할매는 딱 보면 몰겠냐?' 난 속으로 투덜거렸다.

요한이 "집사람입니다."하니까 입을 크게 벌리고서 눈알을 굴리며, 한참이

지나도록 놀란 표정을 감출 생각을 안 한다.

내가 똑바로 할머니를 쳐다봤지만 나에겐 눈길조차 주지 않았다.

찌그러진 양철냄비 같은 나는 투명 인간이 되어버렸다.

그동안 맛있게 먹고 있던 밥이 완전히 쓴맛으로 변해버렸다.

오늘따라 요한은 가발을 뒤집어쓰고 있어서 좀 더 젊어 보였다.

나는 밤새 시달려서 더욱 늙어 보일 것 같다.

내 옆에 있던 할머니가 미안했던지 나를 보며 복인이란다.

'복이 많은 사람?' 그 말이 색을 잃어버린 느낌이다.

나의 신경은 예민해졌고 옆 자리를 수시로 주시했다.

노년의 두 부부는 고기랑 딱딱한 반찬도 맛있게 씹어 정말 많이 먹는다.

남자 아이들이 한참 클 때 저 정도 먹었지 싶다. 혼자서 계산해 봤다.

별다른 변수만 없으면 백 살은 무난히 통과하겠구나.

장애인 화장실에 가서 또 괴로워졌다.

몇 년 전에 이렇게 쌀 때는 문제가 없었다.

엉덩이 관절이 아프니까 거리를 조절하기가 쉽지 않았다.

휠체어에 오줌이 젖지 않도록 앉은 자리에서 엉덩이를 밀고 나와야 한다.

겨울 바지가 두꺼워 감각이 둔한 상태라서, 엉덩이를 잘못 밀다가 의자에서 떨어지면 또 병원에 가야 할지도 모른다.

적당한 곳에서 균형을 잡고 바지를 내려 바가지를 대서 싸기까지, 둘이서 완전 쇼를 했고 나는 움직일 때마다 아프다고 소리를 질렀다.

함께 시달린 요한은 내 몸이 더 나빠졌다며 성질을 냈다.

그래, 눈치도 없이 이래저래 울고 싶었는데 잘됐다.

"더 나빠지고 싶어서 나빠진 사람이 어디 있어. 그러고 싶은 마음 없거든."

하며 대들었다.

일이 안 풀릴수록 서로 힘을 합하고 도와줘야 함은 이론이다.

내가 힘들어버리면 싸우는 쪽이 이해하기보다 훨씬 쉽다. 밖을 나오니까 늦가을 햇살이 찡그린 내 눈앞에 화사한 얼굴을 들이민다.

"클라우디아, 그래 봤자 사는 거 별거 아니야, 굴레에서 조금만 벗어나 버리면 자유롭잖니. 어떤 상황에서도 네가 마음의 중심만 잘 잡고 살면 되는 기라."

"아, 맞습니다."

흔들릴 땐 흔들리더라도 빨리 제자리를 찾아가야 한다.

갑천이 눈앞에 있지만 내려서 달릴 수 없다.

힘에 부쳐 오늘은 장애인 택시로 바로 집에 돌아왔다.

차창 밖으로 부서지는 가을 햇살이 눈부시다.

강물을 따라 흐드러지게 피어 있는 갈대가 길 잃은 바람에게 묻는다.

누가 여자의 마음은 갈대라 했던가?

여자와 갈대는 휘어질지언정 꺾이는 법이 없다.

물론 예외는 존재하겠지만.

백약이 무효 _2017.11.08.

청명한 날들이 다른 해보다 길어서 올 가을 단풍잎은 꽃보다 아름답다.

미사드리고 갑천에 나왔다.

샛노란 은행잎이 어찌나 선명하게 가을을 태우던지 꿈꾸는 소녀가 되었다.

은행나무 밑으로 수북이 쌓인 노란 이파리들 위에 앉아 사진도 찍어보고,

바람 따라 굴러다닌 플라타너스 낙엽 위를 휠체어 바퀴로 부숴가며 씽씽

달렸다.

참새들도 바람 부는 날을 무척 좋아한다.

이 나무 저 나무 재잘대며 떼를 지어 날아다닌다.

참새들에게 내가 갑천의 미인이라 이름 지어줬다.

정말로 까치랑 비둘기보다 더 예쁘냐며 작은 눈망울을 반짝거렸다.

"넌 몸짓이 귀엽고 목소리가 상큼하잖니."

한참을 가는데 또 우르르 하고 나무에서 뭔가가 무리지어 날아간다.

이번에도 참새려니 하고 쳐다봤다. 단풍잎들이 한꺼번에 날아오른다.

나무 이파리들도 새가 되었나?

나도 지금 굴러가는 게 아니라 날아가고 있구나.

아, 길게 펼쳐진 언덕 아래서 '아드린느를 위한 발라드'의 피아노 선율에 맞춰, 유리구두 신고 이 가을을 춤추고 싶다.

오리들도 바람결에 몸을 맡기며 강물 위를 떠다니는데 어디서나 두 마리다.

아기 오리들은 이제 다 커서 넓은 세상으로 날아갔고 부부만 남았을까?

멀리서 바라보기에 참으로 사이좋아 보인다.

어쩌면 하늘나라에서 보면 자전거랑 휠체어로 갑천을 달리고 있는 우리 부부도 저리 보일까? 그럴 수도 있겠구나.

이러저러한 생각을 하며 유성장 쪽으로 가고 있었다.

커다란 뱀이 기어가고 있다. 이런 곳에 뱀이 있다니!

날이 좋아 나들이를 나왔을까? 보는 순간 오싹하게 무서워서 피하려는데 뱀이 오히려 나를 무서워하며 언덕으로 기어간다.

난 저런 뱀을 많이도 먹었다.

첫째 낳고 친정에 있을 때, 누가 뱀탕을 먹고 죽다 살아났단 이야기를 부모님께서 들으셨다. 비싼 약이었지만 희망을 갖고 돈벌이도 시원찮은 아버지가 약값을 냈다.

엄마가 기가 막히게 좋은 약이라며 가자 하니까 매일 따라다녔다.

가면 뽀얀 국물을 한 그릇 줘서 먹고, 사우나 하라고 해서 그렇게 했다.

내가 뱀탕이란 걸 알았을 땐 이미 맛에 익숙해져 있었다.

넉 달쯤 먹어봐도 별다른 차도가 없어 그만뒀다.

삼십여 년 동안 내가 먹었던 약이라 이름 지을 수 없는 약들이다.

오골계와 지네, 닭국물에 한약재, 닭과 이상한 회색가루, 닭발과 우슬 뿌리, 닭발과 이상한 꽃잎, 웅담, 지렁이, 고양이, 녹용, 오소리, 호랑이 뼈, 유황오리, 상어연골, 키토산, 프로폴리스, 알로에, 홍화씨, 살구씨, 삼씨와 청둥오리, 두충과 소주, 로얄제리, 오가피, 유근피, 엄나무기름, 야채효소, 어성초, 삼백초, 화분, 스쿠알렌, 초록잎 홍합, 발아생식, 장뇌산삼, 동충하초, 초밀란, 포도요법, 풍욕요법, 동록초, 쑥뜸, 봉침, 금침, 홍삼, 진삼, 공진단, 20년생 도라지, 고약, 개똥 볶은 물, 마늘 구워 죽염에 찍어먹기, 알로에 껍질 물에 손발 담구기, 겨자씨 볶은 물에 손발 담구기, 바이오라는 흰 가루에 몸 담그기, 모래찜하기, 온탕 냉탕 돌아가며 몸 담그기, 소금 볶아 찜질하기, 쇠비름, 매실청, 생감자즙, 당근즙, 생마늘, 생강과 무즙, 면역증 가제, 흑마늘, 다크초콜렛, 노니주스, 식이유황, 계피 꿀……

불치병과의 싸움은 백약이 무효다.
양약은 먹을 때마다 심각한 부작용으로 시달려 버렸다.
한약은 어찌나 먹었던지 진맥하고 있는 한의사 선생님 눈빛만 쳐다봐도,
시커먼 국물 사발 출렁이며 쓴물이 올라온다.
마지막 출구는 대체의학과 민간요법이다.
효능도 알 수 없는 저 수많은 약들은 치료과정을 알 수가 없다.
어디에다 항변할 길도 없는 부작용들의 춤판이다.
오로지 선택은 나의 몫이다.
돌봐주는 사람까지 지쳐서 나자빠진다.

기막힌 인생 고해가 오색찬란하게 찬연히 빛나는 곳이다.

번잡한 삶의 한가운데에서 바람 잘 날 없는 것이 우리의 일상이다.
비싼 약을 퍼부어대면 바늘귀만큼 좋아지다가, 사소한 무리수만 작용해도,
마음 한번 잘못 먹어도, 몸은 순식간에 나락으로 떨어져 버린다.
우환은 도둑이다.
이름 없는 약일수록 부르는 게 값이고 약값은 부지기수로 들어갔다.
통증과 슬픔과 고독과 싸워야 한다.
이 길에 들어서보지 않으면 도저히 짐작할 수 없는 기막힌 어둠이다.
식재료는 자연식품을 사용해 집에서 만들어야 그나마 열이 덜 오른다.
긴 병에 효자 없다고 하는데, 관절을 제대로 움직이질 못해 가족들의 희생
과 도움은 끈질기게 요구된다.
가장 흔들리기 쉬운 상황이지만 주변 사람들의 쉽게 내뱉는 말에 상처 받
지 않아야 한다.
예고 없이 검은 바람을 타고 우울증은 객처럼 찾아온다.
나의 오만과 편견 욕망의 아집에서 탈출해 평정심을 유지해야 한다.

가도 가도 끝이 없는 이 길,
기가 막혀 달리기를 포기하고 멈추어 서면 저승길이 버티고 선다.
제자리걸음을 치더라도 나의 굴레를 벗기 위해서는 달려야 한다.
죄를 뉘우쳐야 병이 낫는다 하여 기억 속의 모든 죄를 회개했다.
그러나 옹달샘처럼 솟아오른 것이 나의 죄이다.

웃음치료가 한창 유행일 때 무조건 웃으라 했다.

미친년 꽃다발 들고 히히거린 것처럼 집에서 혼자 웃다가, 오랜 병고 끝에 정말 미쳐 버린 것만 같아 아찔했었다.

감사가 감사를 낳는다고 무조건 감사하란다.

고생스럽게 노력해서 조금은 성숙한 모양새를 갖추지만, 극심한 통증 앞에 선 바람 앞에 등불이다.

수많은 약이 비켜갔고 마음도 나의 한계를 넘지 못해 병을 이길 수 없었다.

아, 그 언제였던가! 내 몸에 맞는 약이 하나 있었다.

국산 로얄제리를 먹던 때였다.

이삼일이 지난 후부터 명현 현상으로 일어날 수 없게 통증이 밀려왔다.

몸에 있는 관절마다 구부릴 수 없이 아파서 일직선으로 누워 있었다.

대소변도 받아낼 만큼 아팠고 땀은 비 오듯 쏟아졌다.

십여 일이 지나면서 몸은 서서히 좋아지기 시작했다.

그 때 하필 친정 엄마 회갑이 다가오고 있었다. 소식을 들은 엄마는 일부러 광주에서 오셔서 몸조리 잘하고 회갑에 오지 말라 하고 가셨다.

그러나 신이시여!

어느 고비를 넘기면서부터 내 몸은 눈에 띄게 회복이 되고 있었다.

시선이 머무는 곳마다 온 세상은 밝고 투명했다.

새털처럼 가벼워진 몸은 둥실 떠가는 흰구름 위를 나는 기분이었다.

나에게로 다시 돌아와 준 행복을 주체할 수 없어 두렵기까지 했다.

몸이 좋아져서 회갑에 가도 될 것 같았다.

그래도 조심한답시고 부산에서 비행기를 타고 갔다.

아, 가지 말 것을……

광주에 도착했을 땐 이미 몸은 무리가 되어버렸다.

회복이 되는 단계에서는 살얼음판을 걷듯 조심해야 함을 알지 못했다.

잠들지 못한 기나긴 밤을 지나 다음 날 다시 부산으로 왔다.

리듬을 잃어버린 몸은 다시 방향키를 잘못 돌렸다.

로얄제리를 아무리 많은 양으로 늘려 봐도 처음처럼 효과가 없었다.

나의 어리석음이 화를 자초했다.

그 때의 느낌으로 봐서 완벽하게 치유될 수 있었다.

종쳐버린 후에 후회한들 무슨 소용이 있겠는가?

그런데 운명의 여신에게 묻고 싶다.

병이 걸려 고통 받고 살아온 날은 35년이란 기나긴 시간이다.

왜 하필 그 때 몸이 회복되었고 그 시간에 회갑이 있었을까?

어리석은 나를 탓해야겠지만 그래도 한번 물어보고 싶다.

주님만이 아실 일이다.

만약 그 때 병을 털고 일어났다면 이만큼도 인간이 아 되었을까?

나의 부족한 모습을 볼 때마다 순간순간 스치는 생각이다.

운명이란?  _2017.11.12.

오늘은 모처럼 고백성사를 봤다.

고해소로 들어가면 칸막이가 있어서, 신부님이 지금 누가 죄를 고백하는지 잘 모르니까 참으로 좋다.

계단이 몇 개 있어 나는 올라갈 수가 없다.

어쩔 수 없이 신부님 오시라 해서 성당 구석진 곳에서 마주 앉아 봐야 한다.

들추고 싶지 않은 적나라한 나의 죄를 고백하다 보면 여간 힘든 일이 아니다.

큰아들이 취업하고 얼마 전에 집에 왔는데, 직장에서 일이 많아 주일미사를 못 간다 했다. 내가 보기에도 힘들어 보여서 몇 번을 망설였지만, 주일미사는 가야 한다는 말을 꺼낼 수가 없었다.

마음 한편에 항상 그것이 걸려 있어서 큰아들 이야기도 꺼냈다.

갑자기 보좌신부님은 작은 눈이 매의 눈초리로 변해서 레이저를 쏘아버렸다. 죄를 고백하는 자리라서 감히 신부님 눈을 쳐다본다는 건 상상도 할 수 없지만, 하도 버럭 화를 내서 슬쩍 쳐다봤다.

며칠 전에 봤던 고양이 눈보다 훨씬 무서웠다.

아무리 그렇더라도 자식이 중심을 하느님께 두고 살라고 일러야지,

자매님은 하느님 체험도 많이 했을 텐데

미사를 가라고 권유도 못한단 게 말이 되느냐고

말끝마다 힘을 주며 소리를 질렀다.

순간 신선한 충격을 느꼈다.

어떻게 하면 젊은 나이에 저런 믿음이 생길까?

우리 집 아이들과는 너무 달랐다.

자식들 교육을 제대로 시킨단 게 뭐냐면서 또 야단을 쳤다.

가만 있으면 더욱 화를 낼 것만 같아 몇 번을 망설이다가, 기어들어 가는

소리로 제가 조리 있게 말을 잘 못하니까 문자 보내겠노라 했다.

갑자기 보좌신부님은 내가 집에서 애들한테 야단치듯이 화를 내버렸다.

가만 있었으면 중간은 갔을 텐데 말을 잘못 꺼내버렸다.

아니 왜 자매님은 말귀를 못 알아듣느냐고

이런 이야기일수록 전화해서 알아듣게 설명을 하란다.

평소에 아이들에게 거의 전화를 안 한다.

홀로서기 하며 열심히 살고 있는 아이들에게 방해기 되려나 싶어서,

보고 싶고 생각날 땐 간단하게 문자하고 기도한다.

그런데 요한은 나보다 한 술 더했다.

생각할수록 천생연분이다.

며칠 전에 탄방동성당 갔을 때이다.

새 신부님 여섯 분이 오셔서 미사 드리고 차례차례 안수를 주셨다.

장애인 택시가 기다릴까봐 뒤에 있다 맨 앞으로 가서 먼저 안수를 받았다.

다들 의자에서 무릎을 꿇고 앉았는데 요한은 자리가 없어 바닥에서 무릎을 꿇고 있었다.

바닥은 의자보다 낮아서 신부님들이 허리를 많이 숙여야 한다.

신부님들도 그 많은 분들 안수하려면 허리가 아플 것 같았다.

느낌이 이상해서 옆에 있는 요한을 곁눈으로 슬쩍 봤다.

허리를 바짝 세워도 부족할 판에 그 낮은 바닥에서, 요한은 고개를 있는 대로 바닥에다 처 박고 있었다.

'자기 믿음도 좋지만 신부님들 생각해서 고개만 살짝 숙이지 왜 저리 눈치가 없을까?'

잊고 있다가 오늘 아침에 갑자기 그 때 일이 생각나서 물어봤다.

신부님들이 자기가 가발 썼다는 걸 알아버릴까 봐 창피해서, 뒤꼭지 진짜 머리칼에 손이 닿게 하려고 많이 숙이고 있었단다.

오메 저건 또 뭔 소리래. 차라리 묻지 말 것을……

주름진 얼굴에 작은 눈이 하회탈 닮은 초승달을 그리며 천진하게 웃고 있다. 나이는 어디로 먹었을까?

밤마다 둘이 앉아 기도는 잘도 하면서 입으로만 한다.

사는 모습에 발전이 없는 것 같다.

우리 둘이서 밤마다 묵주기도를 시작한 건 30년도 훨씬 넘었다.

꼬여버린 나의 인생과 함께 해야 했던 요한도 나 때문에 엮이어갔다.

신혼 초에 내가 평택에서 근무할 때였다.

요한은 임상심리학을 전공해서 대학원을 마치고 서울대병원에서 레지던트 과정에 들어갔다.

지도교수님이 요한에게 다음에 잘 살 테니까 돈 걱정은 말고, 나에게는 사표를 내도록 하고, 병원 가까이에 방을 얻어 열심히 공부하라고 일렀더라.

교수님이 그리 말해도 약값은 많이 들어가는데, 부모님께 손을 벌리면 안 될 것 같아서 신중하게 듣지 않았고, 내 근무지에 가까운 평택까지 이사를 가서, 리포트는 엉망으로 써서 내고 지친 상태로 다녔다.

보다 못한 지도교수님이 어느 날 이걸 리포트라고 썼느냐며 작심하듯 야단을 쳤고, 이래저래 시달리던 요한은 검은 눈동자 사라져버린 눈을 치켜 떠서 대들 기세를 했는데, 지도교수가 너와는 더 이상 대화가 통하지 않는다며 환자를 보지 말라 했단다.

속 시원히 말도 못했지만 괴물 눈동자의 출현으로 일을 뺏겨 버렸다.

빈 가방을 들고 먼 길을 다니면서 요한도 인생의 학교로 제대로 입문했다.

서울대생이란 후광 효과는 사라져 갔다.

내가 아파 죽는다 해도 건성으로 보이던 하느님이 요한의 눈 속으로 선명하게 들어왔고, 비통한 심정으로 하느님의 옷자락을 부여잡았다.

고속버스에서 내리지도 못하고 설사가 나와 버려, 팬티를 벗어 버리고 바지만 입고 올 때도 있었다.

볼이 움푹 패여 코만 톡 튀어나온 얼굴이 영락없이 피노키오 같았다.
그렇잖아도 말랐는데 얼마나 말라가는지 정말 불쌍해보였다.
일도 하지 않고 다니기 힘들다며 나와 버리고 싶다 할 때마다, 좀 더 참아
보라고 했지만 나도 마음이 아팠다.

다행히 십여 개월 만에 지도교수님 허락으로 다시 환자를 볼 수 있었다.
가까스로 요한이 일을 시작한 지 얼마 지나지 않았을 때였다.
내가 광명으로 발령이 나서 그나마 서울과 많이 가까워졌다.
임신 초기였는데 어느 날 밤 나에게 다시 극심한 통증이 밀려 왔다.
발목이 떨어질 것처럼 아팠다.
뜨거운 물에 찜질을 해주면 그 순간만 통증이 멈췄다.
수차례 반복하다 겨우 통증을 잡고 새벽녘에야 잠이 들었다.
아침에 눈을 뜨고 보니까 아무리 빨리 가도 요한은 지각을 할 수밖에 없었
다. 그날따라 아침 일찍 지도교수님이 찾았고 요한은 병원을 나와야 했다.
아직도 정신을 못 차렸느냐고 그만두는 게 좋겠다는 말에, 더 이상 뭐라고
말해야 할지 버틸 여력이 없었단다.
그 때가 3년 과정에서 몇 개월을 남겨둔 상태였다.
그곳에 붙어 있었을 땐 감옥이었지만 탈출한 순간 지옥이었노라 했다.

나도 사표를 내지 못하고 있었는데 참으로 벼랑 끝이 따로 없었다.
하늘이 빙빙 돌고 산천이 메말라 타들어갔다.
퇴근하고 집에 와서 보면 야릇한 짓을 해 놓곤 했다.

처음부터 이상한 사람이었을까? 생각하다, 4년을 사귀었고 극히 정상이었다는 생각까지 미치면 안도의 한숨이 나왔다.

바지가 흙투성이가 되어 여기저기 찢겨져서 들어올 때도 있었다. 혼자서 산길을 거닐다가 우거진 수풀 속에서 길을 잃어버리고 헤매었단다. 길가에서 수레를 끌고 야채나 과일을 파는 아저씨들이 부러웠고, 자기도 모르게 달리는 차 속으로 뛰어들어 버릴 것만 같은 공포에 시달렸노라고, 먼 훗날 이야기 했다.

완전히 캄캄한 어둠에 짓눌린 지 두 달쯤 지났다.

마음을 잡지 못하고 있던 요한에게도 자비의 손길이 닿았다.

성당에서 일주일에 한 번씩 7주간 교육하는 견진교리가 있었다.

각자의 삶을 돌아보며 날마다 묵상을 해서 기록해야 하는 숙제가 있었다.

거기에서 마음을 잡고 방황을 접어 갔다.

견진교리가 끝나고 6월 6일 현충일 날, 성당 교우들 모두 버스 12대를 빌려 천진암으로 성지 순례를 갔다.

가기 전날 도시락 반찬을 마땅히 쌀게 없어서 가는 걸 포기했는데, 마침 엄마가 서울에 계신 외할머니 생신이라, 광주에서 오신 길에 밤늦게 광명 우리 집에 들렀다.

냉장고를 뒤져서 두부하고 멸치를 싸주신 걸로 기억된다.

운명이란 우연을 가장하여 우리 삶을 이끄는 것인가.

하느님의 섭리는 운명이란 이름으로 우리들의 삶을 이끄시는 걸까?

요한이 대학원 다닐 때 지도교수님은 개신교 장로였다.

모처럼 공휴일을 맞아, 천주교 성지를 둘러보고 싶은 생각에 천진암에 왔다가 우리 부부를 만났다.

병원을 나와서 다시 조교일이라도 하고 싶어 학교에 찾아갔지만 여의치 않다고 했었는데, 말 그대로 성스러운 곳에서 바라본 탓에 좋지 않은 이미지를 떨쳐 버리셨을까?

서울대 학생생활연구소에서 상담일을 할 수 있도록 허락해 주셨다.

그 이후에 기도에는 여러 가지 방법이 있다는 걸 알았다.

뭔가를 간절히 원할 땐, 54일 동안 날마다 성모님과 함께 바치는 묵주기도가 있다는 걸 알았다.

묵주기도를 시작한지 일주일쯤 지났다.

이것도 우연일까? 기도 덕분일까?

병원의 지도교수님 허락으로 요한은 안양에 있는 정신병원에서 일주일에 한 번씩 심리검사를 할 수 있었다.

미미하나마 다시 일을 할 수 있게 되었다.

하지만 요한이 병원에서 쫓겨났다는 꼬리표는 오래도록 따라다녔다.

내 병은 약이 없었고 아직도 진행 중이다.

우리들에게 기도 외에는 답이 없었고 하늘 길만이 열려 있었다.

나는 때때로 하늘을 올려다본다.

수많은 풍파와 격랑에 휩쓸린 날들을 안고, 하늘과 바람과 구름 색은 오늘도 변하고 내일도 변한다.

내가 병이 나았더라면 밤마다 함께 바치는 묵주기도는 끝났을 것 같다.

믿음이 부족해서 조금만 마음 편해지고 일이 잘 풀리면, 세상 것이 먼저 보이고 기도를 소홀히 하는 나의 성향으로 봐서 그랬을 것이다.

하루 일과를 마치고 흔들리는 촛불 아래서 주거니 받거니 바치는 묵주기도, 우리 둘이서 버텨낼 수 있는 유일한 힘이다.

"천주의 성모 마리아님,

이제와 저희 죽을 때에 저희 죄인을 위하여 빌어주소서. 아멘."

여정의 동반자 _2017.11.19.

영하 10도를 웃도는 이른 한파가 찾아와 갑천에 나갈 수 없다.

고구마, 쌀, 무, 잡곡, 동치미, 감, 밤, 토란, 연근, 남해갈치…

겨울 동안 먹거리는 준비했는데 김장을 미처 못했다.

한겨울에도 가게에 가면 뭐든 살 수 있다지만, 제철에 사두면 싸게 사고 내가 쉽게 나다니질 못하니까, 이렇게 마련해 두면 왠지 풍족하게 느껴져서 좋고, 만들어 먹을 수 있는 재료가 있으면 반찬 걱정이 덜 된다.

정리 정돈 잘 한 사람들은 널려 있으면 귀찮다고 한다.

요한도 놔 둘 곳이 없다며 걸핏하면 짜증낸다. 먹을 게 없으면 성질 올라와서 일하기도 싫어 하면서 많이 산다고 야단이다.

날이 추워지면 편히 쉴 수 있는 따뜻한 보금자리가 있음에 감사하다.

사랑하는 가족이 모여 도란도란 이야기를 나눌 때 살아가는 기쁨이 있다.

가까운 사이라는 익숙함에 속아 가족의 소중함을 잃어선 안 된다.

마늘이나, 옥수수, 강낭콩, 완두콩 껍질을 벗길 때

다양하게 맛있는 음식을 만들 때

그리고 그걸 맛있게 먹을 때 유난히 사는 맛이 느껴진다.

기도소리, 일하는 소리, 책 읽는 소리, 웃음소리 나는 그런 집이 좋다.

현대 사회는 그런 분위기를 느끼며 살기엔 다들 각자 바쁘다.

내가 엄마 역할을 못해서 저 분위기를 더욱 갈망하는지 모르겠다.

요한이 건강검진 받는다고 아침에 나갔다가 때가 되어도 오질 않는다.

엄마가 검은콩 살 거냐며 전화해서 지금 박 서방 기다리고 있다 했다.

괜히 말을 한 것 같다.

특유의 숨 넘어가는 엄마 목소리가 다시 들려왔다.

걱정을 태산같이 하면서 어서 먼저 밥 먹어라 하고 끊는다.

엄마가 저런 반응을 보일 때 가슴을 짓누르는 듯한 답답함을 느낀다.

문제는 나도 때론 아이들에게 걱정이 앞서서 똑같은 반응을 보인다는 것이다. 요한은 수면마취하고 위내시경검사를 하고 있었단다.

일본에서 있었던 이야기이다.

새 건물을 짓기 위해 폐가를 허무는 중에, 도마뱀 한 마리가 그 속에서 못이 박힌 채 살아 있는 걸 발견했다.

너무 신기해 공사를 중단하고 유심히 관찰했더니, 다른 도마뱀 한 마리가 먹이도 물어다 주고 지켜주면서 그 속에서 함께 살고 있더란다.

3년 전에 집수리를 하던 중에 박힌 걸로 추정했다.

그 글을 읽는 순간 그 도마뱀들은 더도 덜도 아닌 우리 둘의 이야기인 것 같았다. 두 마리 도마뱀도 부부였을까?

못에서 해방된 도마뱀은 얼마나 행복했을까?

너무 좋아서 울다가 죽어버리진 않았을까?

이 또한 지나가리라 _2017.11.26.

영하 10도를 웃도는 이른 한파는 시간이 가도 쉽게 풀리질 않는다.
두꺼운 이불은 무거워서 봄 이불을 덮고 있었는데 추위가 심해서 겨울 이불을 덮었다. 극세사 겨울 이불이 나에게는 너무 무겁다.
관절이 아파 수시로 돌아눕다 보면 이불이 몸 밖으로 벗어나 버린다.
어깨통증으로 베개를 안고 자니까 항상 팔이 이불 밖으로 나와 있다.
돌아눕고 나서 용을 써 봐도, 관절들이 아프니까 등 뒤로 빠진 이불을 덮을 수가 없고 그냥 있긴 너무 춥다.
밤을 새는 동안 내가 깰 때마다 요한을 깨웠다.
한숨을 앞으로 쉬고 뒤로 쉬며 힘들어 했다. 당장 다음 날 마트 기시 유리창에 뽁뽁이 분풍지를 사다 붙여 놨다.

그런 차원이 아니라서 1시에 또 2시에 깨웠다. 엄청 화를 냈다.
나도 안 깨우고 싶은데 어쩔 수가 없잖은가?

3시에 다시 깨우려고 보니까 요한은 잠을 자지 않고 있었다.

왜 안 자고 있느냐고 했더니 꿈 이야기를 했다.

불이 나서 도망치려는데 갑자기 누군가 나타나, 칼을 들고 찌를 것만 같아 무서워서 깨어 버렸단다.

깊은 겨울밤 혀도 안 풀린 채

둘이는 얼기설기 엮인 거미줄 같은 웃음을 웃어야 했다.

성질 내지 말아야지 하는 양심이 괴롭힌 걸까?

나의 수호천사가 나타나 아파서 힘들어 하는데 도와주라고 한 걸까?

아침이 되기까지 여러 차례 깨워도 "불렀어?" 하면서 가볍게 일어난다.

마음 하나가 저리 돌변하게 하다니 서글프고 미안했다.

많은 불치병들이 그렇듯이 밤이 되면 더욱 힘들다.

때때로 감당하기 힘든 통증이 밀려온다.

오늘도 추위와 함께 통증이 심해졌고, 어둠을 타고 날아온 겨울밤의 소리도 여기저기서 웅성거린다.

열려있는 옥상 문이 간헐적으로 부딪히는 소리, 낙엽 구르는 소리, 바람이 창살에 휘감겨 우는 소리, 새벽녘엔 고양이 울음소리도 들려왔다.

비정상세포들이 무심한 광기를 발동하면, 정체를 알 수 없는 기운이 저 바람소리와 함께 몸 안에서 광란의 칼춤을 춘다.

지칠 대로 지쳐버리고 나면 창밖에선 여명이 밝아온다.

오늘도 이 싸움에서 몇 번을 추슬러 봤지만 무너져 버렸다.

아침이랍시고 눈을 뜨니 또 다른 겨울 해가 머쓱하게 웃는다.

사노라면 누구라도 그럴 때가 있는 거라고 애써 달랜다.

'제발 달래려고만 말고 안 아프게 좀 해주시이소.

무엇 때문에 이토록 오랜 세월 묶어 놓고 있습니까?'

아, 소용없는 하소연이다.

빨리 어두운 터널에서 돌아 나와 순명하는 쪽이 편하다.

집에 있으면 고통을 이겨내기까지 시간이 많이 걸린다.

누워 있어 봤자 잠이 들어 주지도 않을 것 같아서 성당에 갔다.

얼굴 근육도 굳어서 웃고 싶어도 펴지질 않는다.

오늘따라 마주치는 분들마다 밝은 표정에 사는 게 즐거워 보인다.

모양과 색은 달라도 삶의 무거운 짐으로부터 자유로운 사람은 없을 것이다. 나도 갑천의 강물처럼만 살면 된다.

저 강물도 언제나 잔잔하게 흘러가지 않는다.

폭우가 쏟아질 땐 통곡하며 쫓겨 가고 가뭄 앞엔 정체되어 있다.

너무 반듯한 모습 바라지 말고 흔들릴 땐 흔들린 대로 맡기는 거다.

모든 것은 지나가고 이 또한 지나가리라.

눈이 오려나? _2017.12.20.

일기를 쓰면 카톡 창 몇 군데로 보낸다.

별다른 이야기라고 생각하지 않았는데, 지난번 글을 보고 동생들이 충격적이라면서 그토록 힘든지 몰랐단다.

잠을 잘 못 자니까 누가 우리 집에 오겠다고 하면 오지 말라 한다.

문자나 전화로 만나면서 같이 웃고 떠든다.

셋째 동생이 구스 이불은 가볍다며 이불 사라고 30만원을 보냈다.

이 동생은 정이 많다.

시골에서 살다가 중학교 2학년 때 바로 밑에 동생이랑, 가족들보다 일 년 먼저 광주로 전학을 왔다.

두 달여 만에 시골 집엘 갔을 때 동네 애들이 따먹어버리고 몇 개 안 남았다며, 이 동생이 마당가에 있는 청매실을 씻어서 내입에 넣어줬다.

쳐다만 봐도 새콤한 걸, 그것도 더러운 세숫대야 물에서 씻어 주니까 나도 모르게 뱉고 있었다.

난 벌써 도시 여자였다.

순간 미안한 마음에 얼굴을 쳐다봤다.

제대로 씻지 않은 시골 아이들 모습 속에 예쁜 얼굴이 웃고 있었다.

젊은 날 나는 그레이스 켈리를 닮았고 애는 비비안 리를 닮아 딸들이 미인이라 했다.

아마도 지금의 나를 본 사람들은 주제 파악 못한다며 웃을 것 같다.

젊음은 젊음 하나로도 예쁘다.

딸도 이불이 무거워 아빠를 자주 깨운다고 하니까, 바로 알아듣고 해외직구로 구스 이불을 주문했다.

21세기는 여성의 시대란 말이 있다. 그래서일까?

딸은 아들들보다 좀 더 감성적이고 곰살스런 면이 있다.

맛있는 걸 들고 "아이고 무거워."하면서 발그레한 얼굴로 들어올 땐 정말 예쁘다. 나 때문에 어릴 때부터 반찬 당번도 수시로 해야 했다.

아빠랑 싸울 때면 아들들은 조용히 있는데, 어디선가 나타나 이유를 불문하고 무조건 내편을 들어줬다.

좋긴 했지만 너무나 궁금해서 어느 날 조심히 물어봤다.

"엄마가 너무 불쌍하잖아." 하고 쏘아붙이면서 자기 방으로 들어가 버렸다.

아, 그랬었구나!

딸은 밖에 나갈 땐 깨끗하게 하고 다니라고 잔소리도 많이 한다.

나도 깨끗이 하고 다니고 싶다.

통증으로 시달리다 보면 한 달 정도 안 씻는 건 다반사다.

출산 후에는 바람 안 들어가게 몸조리 잘해야 한다 해서, 아이를 낳을 때마다 석 달 열흘을 안 씻었다. 그때마다 머리에선 어린 시절 마당가에 쌓여 있던 퇴비 썩은 거름냄새가 진동했다.

그래도 몸조리 잘해서 나아 보려고 바람 들어갈까 봐 참았다.

세 아이 낳을 때까지 백일 동안 엄마가 같이 있었다.

보다 못한 엄마는 때때로 따뜻한 물수건으로 몸을 닦아줬다.

낙엽처럼 우수수 떨어지는 덩어리진 때를 바라보며, "대한민국에서 제일 더러운 놈 잡아오라면 당장 너를 잡아가면 된다."고 했다.

더럽고 징그런 것들 먹는 것도 졸업했다.

어느 할머니가 개똥을 먹고 통증을 가라앉히며 산다는 말을 엄마가 듣고 왔다. 개가 있는 집마다 찾아가서 엄마는 요한과 함께 개똥을 많이도 주워 왔다. 아파트 복도 끝에 있는 난간으로 가서 새까맣게 타도록 볶은 후에, 항아리에 담고 보리차를 팔팔 끓여 부었다.

며칠이 지난 후 개똥 국물은 갈색으로 우러났다.

그걸 따뜻하게 데워서 한 사발씩 먹었다.

어느 순간부터 역겨운 냄새를 맡지 않기 위해서 먹는 방법도 터득했다. 입천장에서 코로 통하는 통로를 막아, 코로 숨을 쉬지 않고 입으로 숨을 쉬니까 아무 냄새도 나지 않았다.

지금은 집구석도 많이 깨끗해졌다.

마산의 어느 괴괴한 산기슭을 찾아가, 많은 양의 고약을 양쪽 무릎에다 쫀 득하게 붙이던 때였다.

약국에서 파는 동전만한 게 고약인 줄 알았는데, 시커먼 고약이 커다란 통 마다 마당가에 가득가득 들어 있었다.

무릎이라도 나으면 걸을 수 있으리란 상상을 하며 희망을 품었다.

고약을 무릎에 붙이고 난 다음날부터 밀려오는 통증은 이가 덜덜 떨리게 아팠다.

고약 집에 전화하니까, 열 명에 두 명 정도는 그렇게 심하게 아픈 사람이 있 지만 그러다가 좋아진다고 했다.

나을 수만 있다면 견디는 거다.

고약을 붙이고 5주일이 지나가던 어느 날 밤이었다.

밤마다 내 신음소리를 듣고 있던 요한은 미쳐버렸다.

자다 말고 갑자기 일어나, 무릎에 붙여 놓은 고약을, 발악하듯 손으로 오 도독 쥐어뜯어 쓰레기통에 던져버렸다.

고약이 어떻게 류마티스약이냐며 한밤중에 소리를 질렀다.

걸어야 했지만 아까운 걸 다시 주워 붙이기엔 너무 아팠다.

그 무렵이었나,

전등불 꺼진 캄캄한 밤에 이불 속에서 떨다 보면 이상한 소리가 났다.

바퀴벌레가 안방 벽을 타고 기어가다 떨어진 소리였다.

집이 얼마나 더러웠을까?

방역업체에 연락해서 소독하는 사람이 왔다.

칠월 초순이니까 한여름이다.

그 날도 고약을 붙이고 한기가 심해 두꺼운 이불 속에 누워 있었다.

방으로 들어온 소독아저씨는 나를 발견하는 순간

공동묘지를 지나갈 때와 흡사한 공포의 숨소리를 냈다.

힐끗힐끗 나를 쳐다보며, 금방이라도 들고 있는 소독 통을 떨어뜨려버릴 것처럼 무지하게 떨었다.

어느 순간부터 나도 내가 무서워지기 시작했다.

'내가 유령은 아니겠지?'

실눈을 뜨고서 소독하는 아저씨를 이불 너머로 살피고 있었다.

약은 없고 걷고 싶은 집착은 정상이 아니었다.

남들에게 무차별적인 비난을 받고 웃음거리가 되어도 뭐라고 대답해야 할지 알 수 없었다.

몸속이 타는 것만 같은 열과 관절통증으로 독특한 춤을 추어야 했다.

오늘 밤엔 눈이 오려나?

암청색 산 그림자 너머로 검은 구름이 더해가고 있다.

갑천의 생명들 _2017.12.22.

나무들 긴 그림자 위로 겨울 해가 웃는다.

날이 풀려 미사드리고 모처럼 갑천에 나왔다.

강물은 얼어 있고 응달진 언덕엔 흰 눈이 쌓여서 한겨울임이 실감난다.

하얀 눈을 보니까 2년 전 11월의 첫눈 내리던 날이 떠오른다.

맵살스런 바람이 부는 갑천 들에

토끼풀들은 추위를 벗 삼아 즐겁게 놀고 있었다.

밤새 내린 된서리에 축 늘어져 있을 때마다 나는 걱정스럽게 물었다.

"아, 이젠 얼어버렸구나?"

그때마다 토끼풀늘은 초록색 얼굴을 들어 살아 있음을 알렸다.

"얘들아, 가녀린 몸으로 이 추위에 잘도 버티는구나. 내일 또 만나자."

토끼풀과의 만남은 차가운 날의 행복이었다.

눈이 오기엔 아직 이른데 그날 밤 첫눈은 밤이 새도록 하염없이 내렸다.

'차가운 눈보라 속에서 토끼풀들이 이젠 정말 얼어버렸겠구나!'

날이 풀리자마자 서운한 정을 삭이며 서둘러 나가 보았다.

어머나, 하얀 목화솜 이불 속에서 나온 초록 요정처럼 토끼풀들은

살얼음이 되어버린 눈 위로 싱싱한 얼굴을 내밀며 활짝 웃고 있었다.

반듯하게 허리를 세우고 있는 이파리들이 반갑고도 놀라웠다.

나도 모르게 가까이에 얼굴을 묻고 탄성을 질렀다.

"넌 정말 장하다. 이 추위에 참으로 대단하다."

"너도 강해질 수 있으니까 약해지지 마."

토끼풀들은 따뜻하게 내 손을 잡았다.

"친구야, 강해 보여서만 강한 게 아님을 가르쳐 줘서 정말 고마워.

겨울 해님이 웃고 나올 때 그 때마다 다시 만나자."

햇살 눈부신 강둑 길에서 오리들도 날개를 들어 힘차게 날아갔다.

"힘내세요. 우리들도 항상 기다리고 있을게요."

내 눈동자 위에도 새로운 힘이 들어왔다.

유성구청 다리를 지나면 수양버들 나무 아래 늪지가 있다.

오늘은 이곳에 비둘기, 까치, 참새, 오리, 왜가리까지, 갑천의 새들이 모두

모여서 제각각의 몸짓으로 뒤엉켜있다.

한꺼번에 이렇게 많은 새들이 있다니 정말 장관이다.

말 그대로 새들의 낙원이다.

배가 고팠는지 먹이를 먹느라 모두들 땅에다 주둥이를 쪼고 있다.

갑천의 생명들에게 무더운 여름과 혹한의 겨울은 시련의 시기이다.

산책로 위 가로수 길에 길게 늘어선 벗나무가지들이 은빛으로 빛난다.

나는 열병식에서 경례를 받고 멋진 차에 앉아있는 대장처럼 행세했다.

"그래 너네들 참으로 장하다. 겨울바람에도 그리 당당하게 버티고 서 있으니, 내가 웃음이란 상을 주고 싶구나. 하하하하."

내가 준 상이 멋지다며 나무 가지들이 몸을 흔든다.

나의 친구 갑천은 어둠과 절망을 모른다.

희망과 기쁨, 인내의 힘이 공존하며 생명의 에너지를 발산한다.

저 자연의 생명들처럼 살고 싶다.

고통을 없애려고 발버둥 치면 칠수록 검은 손은 나를 잡고 비웃었다.

수도 없이 끌려 다녔다.

나에게 주어진 이 고통에는 무슨 의미가 있는가? 묻고 또 물었다.

주어진 대로 맡기고 비워내야 한다.

하느님, 당신을 찬미합니다.
당신의 성 안에 살고 있사오니, 땅을 굽어보소서.
첫 곡식을 장만하기 이렇듯 하셨으니,
술렁이는 뭇 백성을 축복하소서.

2

이름
모를
광야에서

아이들 어린 시절 _2018.02.23.

평창에서 열리는 동계올림픽을 위해 하늘도 도우셨을까?

올 겨울은 유난히 추웠다.

새로운 한 해가 시작되고 벌써 2월 중순이다.

날이 차서 갑천엔 나갈 수가 없다.

TV에서 엄마닭이 병아리를 데리고 다닌 영상이 보인다.

아이들 어릴 때 우리 집으로 왔던 병아리들이 생각난다.

셋째가 커갈수록 세 명은 두 명과 비교가 안 되게 일을 저질렀다.

둘만 있을 땐 싸움도 경우의 수가 일 대 일 한번 뿐이다.

세 명은 상대를 바꿔가며 일대 일, 이대 일, 여섯 번까지 엮일 수 있다.

정말 소란스러웠다.

주택 2층에서 살았는데 앞 뒤 베란다가 옆으로도 연결되어 있었다.

계단을 내려가 일층 뒷마당까지 셋이서 뛰어다니면 동네가 시끌벅적했다.

여름에도 자기들 작은 이불을 뒤집어쓰고 잡으러 다녔다.

주인아주머니는 시장에서 밤늦게까지 장사를 했는데, 고된 일을 하고 주일이면 쉬고 싶어도 조용히 휴식을 취할 수가 없었다.

아주머니는 참다못해 마당에서 험상궂은 얼굴로 2층을 올려다보며 소리를 질렀다. 목소리가 걸걸해서 무서웠다.

비라도 내리는 날이면 밖을 나갈 수가 없어 집안에서 놀았다.

셋이서 의자를 밟고 서서 천장에서 벽까진 크레파스로 그리고 방바닥은 볼펜으로 그렸다.

흩어진 장난감 사이를 동요를 틀어놓고 뛰고 구르며 놀았다.

놀이터 모래밭에서 작고 하얀 조개들을 주워와 조개 싸움도 했다.

작은 블록 조각들까지 발에 밟히면 비명이 나올 만큼 아팠다.

아이들은 걷는 법이 없었다.

가구 위로 기어 올라가 뛰어내리는 놀이도 있었다.

날다람쥐 새끼들 같았다.

주택이라 부실한 탓도 있었겠지만 바닥은 벌어져서 걸을 때마다 짜그락 하는 소리가 났고 여기저기 패였다.

바닥공사를 두 번을 했는데 한 달이 못가서 다시 깨져 버렸고 바닥이 패인 채 그냥 살았다.

오전에 미사가 있는 날이면 난 성당을 갔다.

어느 날 젊은 보좌신부님이 부산 사투리로 작심하듯 강론을 시작했다.

"아짐씨들이 살림은 제대로 안 하고 집구석을 돼지막 같이 해놓고선, 자기 옷만 쪽 빼입고 얼굴엔 떡칠을 하고 싸돌아다니다, 성당에 오면 두 손 비비 며 거룩한 척 열심히 기도하고 있으면 됩니까?"

집 안에서 살림도 잘하고 깨끗이 정리하고 살라고 열변을 토했다.

성당을 가득 메운 여자들은 쥐죽은 듯 조용했다.

젊은 신부님은 한마디를 더해서 화를 자초했다.

내가 장가가서 그런 마누라를 만났으면 성당도 가지 말고 집구석에서 살림 이나 잘 하라며, 발목을 뿐질러 놓았을 거라 했다.

그 때 맨 앞에 앉아 있던 마리아 할머니가 큰소리로 말했다.

"신부님, 그렇게 되면 말이여, 마누라 밥도 해 줘야 될 것 같소."

우리는 그 날 얼굴이 빨개지도록 웃는 신부님이랑 성당이 떠나가도록 오랫 동안 웃었다.

난장판인 우리 집이 생각나 나도 벌렁거린 가슴을 안고 크게 웃었다.

2층 앞에는 커다란 나무가 드리워져 있었고 마당처럼 넓었다.

더없이 좋은 아이들 놀이터였다.

종이 신문지 인형 쌀 잡곡 흙 잡초 나무이파리 돌멩이까지 눈에 보이는 대 로 같이 가지고 놀았다.

거칠게 놀고 제대로 씻기질 않으니까 겨울엔 손등이 벌어져 피가 맺혔다.

저녁마다 이태리타월로 문지르고 냄새 고약한 약을 손등에 바르던 기억이 생생하다.

남쪽 바닷가 부산은 바람이 많이 불었다.

그 동네 집들은 산복도로를 따라 비스듬하게 서로 연결되어 있었다.

아이들이 가지고 놀았던 것들이 걸핏하면 아랫집으로 날아갔다.

항상 동풍이 부는 건 아니지만 지형이 낮은 곳으로 날아갔다.

날아온 것들을 치우면서 화가 치밀어 올라온 아랫집 아주머니가, 때때로 마당에서 아이들을 향해 쓰레기 버리지 말라며 소리를 질렀다.

목소리가 평범한 사람들보다 훨씬 카랑카랑하고 사나웠다.

방 안에 있는 나는 아주머니 소리가 들리면 빨리 들어오라고 해서 야단을 쳤지만, 아이들은 이상하게 말을 해도 알아듣질 못했다.

질서를 유지해야 할 나는 힘이 없는데, 아이들은 아플 때를 제외하면 어디선가 무한정 힘이 솟아올랐다.

그러던 어느 날 아랫집 아주머니 목소리가 완전히 다른 색깔로 들려왔다.

화를 내는 시간이 다른 날보다 훨씬 길었다.

불길한 예감으로 창문에 서서 지켜봤다.

첫째와 셋째가 죄인처럼 고개를 숙이고 서 있었다.

아랫집 아주머니는 반쯤 이성을 잃어버린 것 같았다.

또 무슨 말썽을 부렸을까?

야단 맞고 들어온 아이들은 집 안에 들어서자마자 대굴대굴 구르며 웃었다. 큰놈이 계단 중간에 서서 아주머니가 대문을 열고 집을 나가면, 아랫집 마당에다가 날아가는 물줄기를 바라보며 오줌을 쌌단다.

어느 날부터 혼자하기 심심해서 셋째를 데리고 함께 싸면서, 쌀 때마다 누가 멀리 날아가는지 시합을 했다 한다.

집 안에서만 있는 나는 그런 줄도 모르고, 아이들이 고소하게 웃는 소리가 들리면 사이좋게 잘 놀고 있구나 하면서 안심을 했다.

한여름이던 그 날도 아주머니는 거실에서 곤히 주무시고 있었고, 오줌은 마려운데 아무리 기다려도 일어나질 않아서, 아주머니가 깊은 잠이 든 것 같아서 오줌을 싸다가 들켜버렸다 한다.

지금만 같았어도 수박이라도 들고 가서 이런 일이 없도록 잘 교육시키겠노라고, 정말로 죄송하다며 머리를 조아렸을 것이다.

여러 가지에서 심각한 결함을 지닌 나는 그럴 줄도 몰랐다.

한 명도 아니고 두 명이나? 하면서 아주머니가 숨은 제대로 쉬고 있는지 걱정만 했다.

초등학교 앞에서는 노랑병아리들이 귀여워서 더 이상 못 견디게 예쁠 때, 장사꾼들이 병아리를 들고 와서 두 마리씩 짝을 지어 팔았다.

그 때마다 아이들은 병아리를 사왔다.

어느 해 가을 운동회 날 또다시 네 마리 병아리가 우리 집으로 왔다.

병아리 우는 소리가 시끄러워 앞 베란다 박스 안에 넣어 두었다.

밤새 고양이가 한 마리는 물어갔고, 세 마리는 죽지 않고 잘 자랐다.

박스 위를 덮어 놓아도 어떻게 뚫고 나오는지 밖으로 나와 버렸다.

병아리들은 자기들이 싸고 싶으면 아무데서나 똥을 싼다.

입을 벌리고 쉴 새 없이 울고 다닌다.

세 아이들은 뒷짐을 지고 병아리들을 졸졸 따라다니며 함께 울었다.

병아리들이 벌레를 쪼아 먹으니까 바퀴벌레가 없어진 건 좋았다.

윗집에는 넓은 정원이 있었고 노부부가 살았다.

조금 자란 병아리들은 담 위에 올라서서 윗집 마당으로 날아가 정원을
파헤치며 놀았다.

병아리가 스스로 집으로 돌아오진 못했다.

큰놈이 저녁마다 할아버지한테 야단을 맞아 가며, 윗집에서 놀고 있는
병아리들을 품에 안고 데려왔다.

병아리가 자라 중간 닭이 되면서부터 윗집에서도 잘 보이질 않았다.

닭들은 어딜 갔다 어떻게 찾아오는지 어둑해지면 어김없이 우리 집을 찾아
왔다.

아마도 담과 담을 날아다니면서 집으로 돌아오는 것 같았다.

닭들이 해질 무렵 2층에 있는 우리 집으로 찾아올 때면 신기했고, 아이들
이 밖에서 뛰어놀다 집으로 들어온 것처럼 반가웠다.

다리를 다쳐 절뚝거리고 다니던 한 마리는 언제부턴가 보이질 않았다.

두 마리가 거의 어른 닭이 되어가던 어느 초겨울

그날따라 11월 시린 하늘은 유난히 차갑게 내려앉았다.

가까이서 보니까 팔순이 훨씬 지나 보인 윗집 할머니가 우리 집을 찾아왔
다. 새하얗게 질린 주름진 얼굴이 금방이라도 쓰러질 것만 같았다.

젊어서부터 심장이 안 좋아 길가다가도 의식을 잃곤 했다면서, 늘그막에 이
무슨 팔자에 없는 달구새끼들이 나를 괴롭혀 대서, 심장이 벌렁거려 못살

겠다며 가슴을 쥐어뜯었다.

날마다 달구새끼들이 마당을 헤집고 다니다, 현관문이 열리면 방으로 들어와 똥을 싸고, 언젠가는 시골에서 쌀이랑 콩을 가져다 거실에 두었는데 자루를 엎어서 다 섞어 놓았다 한다.

오늘은 할아버지 생신이라 부엌이 너무 추워 방에서 음식장만을 하면서, 계란도 풀고 밀가루도 담아 두고 고기와 야채를 꼬치에 끼워 놓고, 부엌에 가서 잠깐 일을 보고 온 사이에 달구새끼들이 들어와서, 모두 먹어 치우고 싹 다 해비 놓았다고 울먹이셨다.

이 일을 어찌하면 좋단 말인가?

내가 이 달구새끼의 주인이 아닌가?

할머니 심장 뛰는 소리가 내 심장 속에서 뛰었다.

너무 죄송해서 "어떻게 하면 좋을까요?" 했더니, "뭘 어떻게 해, 저 달구 새끼를 잡아 주면 되지." 하셨다.

아직 다 자라지 않아서 맛도 없을 텐데, 할머니가 귀찮으니까 닭을 없애버리라는 말로 알아들었다.

시장에 가서 연구 끝에 총 천연 색깔로 떡을 사서 드렸다.

나이가 들수록 떡은 입에서 반기지 않던데 아는 것이 없는 나는, 맛있게 반찬을 만들 수 없으니까 생신하면 떡을 생각했던 것 같다.

두 마리 닭은 더 이상 키울 수 없게 되었다.

그날 저녁 요한이 용기를 내서 목을 비틀어 닭을 잡았다.

아이들은 많이 울었고 나도 따라 눈가에 이슬이 맺혔다.

우리 가족처럼 밤마다 집으로 찾아왔는데……

버리기도 아깝고 먹어야 할 것 같아 죽을 끓였다. 깜짝 놀랐다.

먹어본 중에 가장 맛있는 닭이었다.

울면서 안 먹겠다던 아이들이 더 맛있게 먹었다.

비스듬한 언덕길에 계절을 따라 다른 소리로 불어대던 바닷바람.

우리가 살던 이층집과 윗집과 아랫집 그리고 골목길까지 눈에 선하다.

어떻게 변했을까?

나의 부족함이 가족을 넘어 이웃의 슬픔이요, 불행이었다.

이웃의 어르신들께 정말 죄송할 따름이다.

버려진 질그릇 _2018.03.01.

메마른 대지 위로 봄을 재촉하는 빗님이 촉촉이 내렸다.

뒷산 소나무가 한결 푸른빛으로 밝게 빛난다.

앙상한 가지들은 금방이라도 움이 틀 것처럼 봄맞이 준비에 바쁘다.

겨울가뭄이 극심해서 며칠 전까지도 갑천의 강물은 탁하게 고여 있었다.

새 물을 만난 생명들이 얼마나 즐거워할까?

단비가 내려 주어 갑천에 나가보고 싶지만 쌀쌀해서 나갈 수가 없다.

평화방송을 보다가 식물도 시련과 인내의 터널을 거치면서 영글어 간다는

강의를 들었다.

'한 송이 국화꽃을 피우기 위해

천둥은 먹구름 속에서 또 그렇게 울었나보다.'

아, 멋진 시다.

병과 함께 곡예를 하고 산 지 이십여 년이 지나 큰 병원마다 류마티스 내과
가 생겼다.
TV만 켜면 한양대병원 의사가 나왔고, 류마티스도 치료될 수 있으니까 병
을 키우지 말고, 병원으로 가서 치료를 받으라 했다.
혹시나 기대를 갖고 병원을 갔더니 류마티스에 잘 듣는다며 항암제를 처방
해 줬다.
통증이 사라지고 정상으로 걸을 수 있었지만 약의 부작용이 심각했다.
불면증과 소화불량, 변비에 뼛속이 떨리는 것 같은 고갈된 느낌으로, 약을
먹으면서부터 정체를 알 수 없는 소용돌이에 휩쓸렸다.
주변에서 들리는 소리는 아득하게 들려 오고, 함께 먹은 변비약과 수면제
는 갈수록 듣질 않았다.
류마티스약을 평생을 먹으라는데, 먹고 자고 하는 기본이 안 된 상태에서
약을 계속 먹을 수가 없어, 5개월을 먹다 중단해야 했다.
양약을 끊고 다시 한약과 민간요법으로 다스려 보았지만 계란으로 바위치
기였다. 통증과 열을 잡긴 어려웠다.

몸이 아플 땐 마음도 약해진다.
만나는 사람마다 요즘 세상에 류마티스로 못 걷는 사람이 어디 있느냐?
병원을 다니면서 약을 바꿔가며 치료를 하라고 한심하다는 듯이 말했다.
점점 악화되어가는 몸을 보고 있기도 괴로웠다.

몇 번을 망설이다 다시 류마티스 내과에 입원했다.

여자 의사선생님이 이 지경이 되도록 환자를 방치해 놨느냐며 표독스런 낯빛으로 요한을 쪼아봤다.

아마도 조선시대 사흘 굶은 시어머니가 죄 없는 며느리 잡는 표정이 저 표정이지 않았을까?

요한은 다행히 의사선생님께 내 무릎을 보이려고 바지를 걷어 올리느라 그 얼굴을 보지 못했다.

약물이 많이 들어갈 땐 심각한 불면증, 소화불량, 변비, 오줌소태로 견디기 힘들었다.

여러 사람들에게 물어서 불면증은 소꼬리곰탕으로, 소화불량은 붕어즙으로, 변비는 동규자차로, 오줌소태는 쑥찜으로 다스려 가며 모든 방법을 총동원해서 부작용을 최소화 했다.

두 달 후엔 약의 양이 내가 감당할 수 있을 만큼 많이 줄어들었고, 약물부작용도 차츰 사라졌다.

지팡이도 버리고 걷게 되었을 때 온 세상은 나와 함께 걸었다.

그 기쁨은 말로 형언할 수 없었다.

'주님께서 불쌍한 나에게도 드디어 자비를 베풀어 주셨구나!'

얼마나 감사했는지 모른다.

아무도 없는 성당 마당에서 예수님상 앞에 엎드려 큰절을 올리곤 했다.

구부릴 수 있는 무릎과 걸을 수 있는 두 다리는 나를 춤추게 했다.

막내가 유치원에서 오면 둘이서 날마다 걸었다.

자갈치시장까지, 구덕산꼭대기까지, 송도앞바다까지, 대청공원까지……

아 그러나 하늘이시여, 뭐가 또 남았을까?
약 부작용이 날거라곤 생각지도 못했다.
약을 먹으면서부터 생리가 멈췄지만 대수롭지 않게 생각했다.
6개월쯤 약을 먹었는데 하혈을 해서 몇 달간 멈추질 않았다.
산부인과에 가니까 자궁내막증이라고 하면서 수술을 했다.
그날 밤부터 잠은 사라지고 오히려 선명한 피가 다량으로 쏟아졌다.
빈혈이 불러온 불면증은 수면제가 듣질 않았다.
시간이 갈수록 소변에서도 피가 나왔다.
거의 빈사상태였다.
병원에서 할 수 있는 일도, 내가 할 수 있는 짓도 더 이상 없었다.
손을 놓고 주님의 명령만을 기다리고 있었다.

이 약 저 약을 끊고 모든 치료를 중단하니까 지혈이 되었다.
류마티스약의 약발은 딱 3개월간 유지되었다.
그 이후에 무릎 관절부터 급격하게 변형되어 갔다.
양약을 먹는 동안 몸 안에 남아 있던 면역세포도 사라져 버렸다.

한의원에서 류마티스 통증이 심할 땐, 호랑이가 관절들을 이빨로 물어뜯
는 것 같은 통증이라 했는데 정말 그런 느낌이었다.
몸 안으로 치솟는 열도 발광이 나서 가만히 있을 수 없었다.
나도 모르게 흐느끼고 때론 발악을 했다.

나에게 닥쳐온 통증과 열은 인간이 견뎌 낼 수 있는 한계를 넘어섰다.

한의원 가서 벌침 맞고 한약을 먹었다.
침 몸살로 다시 호흡곤란 증세가 올라와 간간이 숨이 멈춰버렸다.
그래도 침을 맞아서 통증을 잡아야 했다.
두 달쯤 벌침을 맞았는데 온 몸에 두드러기가 났다. 종기 때문에 고통스러
웠던 구약에 나온 욥처럼 나도 밤낮으로 긁어 댔다.
한의원에서의 치료도 중단했다.

아, 신이시여 하늘이시여!
통증, 불안, 불면증.
세 마녀가 춤을 추는 밤이 지나면 새벽은 어김없이 고개를 쳐들었다.
살기도 어려운데 죽기는 더욱 어려웠다.
불러 봐도 대답 없는 이름
아니 뒷모습으로 사라져버린 주님이시여!
그토록 감사했고 좋아했건만 하느님은 나를 외면하고 버려버리셨다.
밟히는 대로 밟히고 차이는 대로 차이는 버려진 질그릇이 되었다.
더 이상 붙들고 불러볼 이름이 없는 천상천하의 외톨이,
사라져버린 희망을 넘어 절망이란 말도 사치스러운 어두운 암흑,
망가진 육신을 붙들고 일각이 영원처럼 흐르는 메마름,
숨통을 조여 오는 통증,
혼자 힘으로 내 몸을 움직일 수 없는 고통,

존재는 하고 있지만 존재 자체에 의미가 없는 박제되어 버린 공허함.

몇 겹의 날들이 지난 어느 차가운 밤 꿈속에서 하늘 아래로 여인이 보였다.

앙상한 가지 너머로 올려다본 얼굴은 파란 망토를 두르신 성모님이셨다.

'내가 너를 얼마나 사랑하는지 아느냐'며 애처로이 바라보셨다.

참으로 이해할 수 없는 사랑의 미로여!

천상 어머니의 무거운 미소를 제가 어찌 알리오?

뭘 어찌해야 합니까?

어디에서부터 무엇이 잘못되었습니까?

삶이 순항하지 않고 나와 맞설 때

내 힘으론 더 이상 그 어떤 것도 할 수 없을 때

하소연하고 매달리며 기도하고 의지할 수 있는 하느님이 곁에 계심은 신의 축복이다.

하느님으로부터 버림받아 버린 기분은 피폐한 무덤이었다.

'아, 내가 붙들고 시름하는 것 얼마나 미소하고

나를 붙들고 시름하는 자 얼마나 위대한가!'

행복한 얼굴   _2018.03.02.

밤하늘에 온기가 가득한 정월 대보름이다.

어젯밤에 보름음식을 만들다 12시 넘어서 일이 끝났다.

난 요리하는 방법을 말하고 요한은 요리를 한다.

자고 일어났더니 두 팔이 옆구리까지 심하게 아팠다.

오른팔을 움직여서 휠체어에 앉아야 미사를 갈 텐데 자신이 없다.

집에 있어도 더 나을 것도 아니다.

어찌할까? 감기에 걸려 한동안 미사를 못 갔다.

용을 써가며 어렵사리 휠체어에 앉았다.

내가 나를 이긴 것 같은 승리감으로 마음이 가볍고, 기분을 좋게 만든 자신감이 고개를 들었다.

이 즐거움 잊지 말고 앞으로도 어려움이 닥칠 때 노력해 보고 싶다.

다른 날보다 신부님 목소리와 젬마 자매님 오르간소리가, 묘하게도 함께 어우러져 미사시간이 은혜롭다.

신부님은 고통을 통해서 하느님 사랑을 알아가고 정화되어 간다는, 사순시기 묵상 글을 읽으면서 십자가의 길 기도를 바쳤다.

집에 주저앉아 버렸다면 이 좋은 시간을 갖지 못했을 것이다.

주님께 감사기도를 드렸다.

어제 내린 비로 생기를 찾았을 갑천에 나왔다.

아 어쩌면 좋아!

미세먼지가 씻겨 나간 대지는 파르스름하도록 깨끗하다.

숨 빛 소리를 내며 봄기운을 마시고 있다.

따뜻하고 강한 남자들의 눈빛과도 흡사한 알싸한 공기가 좋다.

오늘 햇살은 어린 시절 마당가 텃밭에서 보았던 맑은 봄볕이다. 엄마랑 아버지가 도란도란 이야기 나누며 싹이 난 감자를 심던 그 빛이다.

바닥이 훤히 드러난 강물은 잔잔하게 흘러간다.

경사진 곳에서 흐르는 강물소리는 희망의 찬가이다.

물속에서 놀던 송사리들은 아직 아무도 나오질 않았다.

버들강아지들만 솜털 보송한 얼굴로 수줍은 듯 웃고 있다.

새알이랑 버들강아지는 만져 보고 싶은 오묘한 색이다.

갑천 길에 나선 사람들도 만나는 사람마다 친근하게 웃어준다.

'만나는 사람마다 등이라도 치고 지고
뉘 집을 들어서면은 반겨 아니 맞으리.'
'살구꽃 핀 마을'이란 시가 저절로 떠오른다.
돌아오는 길에 흑인 남학생을 만났다.
그 얼굴이 어찌나 선하고 사랑스럽던지 한참을 쳐다봤다.
날씨 덕분에 기분이 좋았을까?
내 눈빛을 피하지 않고 하얀 이를 드러내서 웃어 준다.

팔이 아파 성당 마당에서 잠시 쉬었다.
성모상 뒤에 드리운 수풀 위로 실구름도 걸치지 않은 새파란 창공은
이해인 수녀님의 '행복한 얼굴'을 노래하고 있다.

사는 게 힘들다고
말한다고 해서
내가 행복하지 않다는 뜻은
아닙니다.
내가 지금 행복하다고
말한다고 해서
나에게 고통이 없다는 뜻은
정말 아닙니다.

마음의 문

활짝 열면
행복은
천 개의 얼굴로
아니 무한대로
오는 것을
날마다 새롭게 경험합니다.

어디에 숨어있다
고운 날개 달고
살짝 나타날지 모르는
나의 행복
행복과 숨바꼭질하는
설렘의 기쁨으로 사는 것이
오늘도 행복합니다.

벽에 붙어버린 아이 _2018.03.06.

다락방 기도 모임 끝나고 갑천에 나왔다.

천둥까지 동반한 요란한 봄비가 내리더니 갑천 강물은 깨어났다.

일상의 번뇌를 몰아내는 바다에서 나는 갯내음 닮은 향기가 싱그럽다.

많은 비가 내리고 난 다음 날, 때때로 갑천 바람을 타고 날아온다.

어린 시절 살았던 내 고향 남쪽바다 새파란 물가엔 조개들이 갯벌 속에 숨어있었다. 바지락은 호미로 긁어 줍고 꼬막은 실눈 같은 구멍에 손을 넣어 주웠다. 친구들은 잘도 주워 바구니가 가득 찼지만, 난 또래 아이들보다 나이가 어려선지 많이 줍질 못했다. 동네 언니가 내 바구니를 쳐다볼 때마다 꼬막을 몇 개씩 넣어주곤 했다.

댐으로 막은 간척지 끝에는 물이 얕은 바다도 있었다.

여름날 물속에서 바닥을 손으로 긁어 까만 조개를 주워오면 엄마가 시원한 된장국을 끓여 주셨다.

오늘처럼 갯내음 닮은 향이 날아들면 그 바다 파도소리가
갈비뼈 사이에서 못견디게 찰싹거린다.
갈매기들이 파도를 따라 꾸르륵 꾸르륵 여름 바다를 노래할 때
수평선 너머에서 달려온 눈부신 태양은 여름날의 환상이었다.
바구니를 이고 오면서 친구들과 불렀던 산딸기 동요를 다시 불러본다.
'잎 새 뒤에 숨어 숨어 익은 산딸기
지나가던 나그네가 보았습니다.
딸까? 말까? 망설이다 그냥 갑니다.'
따뜻한 인간미가 좋다.

며칠 전까지 보이지 않던 여린 쑥도 뽀얀 얼굴을 내밀고 있다.
갑천 들에 봄비가 몇 번 스치고 나면 요한이랑 쑥 캐러 나와야겠다.
많은 오리들이 물속에 주둥이를 처박고 먹이를 먹느라 정신없다.
겨우내 굶었을까?
먹을 것도 없고 물도 얼었으니까 정말 굶었나 보구나.
"애들아 체할라. 천천히 많이 먹그래이."

 삼계탕을 끓여볼 생각으로 유성장에 갔다.
닭 집 주인이 나를 유심히 쳐다보더니 어쩌다 다쳤느냐며 안쓰러워한다. '아
파서 휠체어 탄 것보다 다쳤노라 한 게 한결 덜 쪽팔리는 거 같군. 다음엔
누가 묻거들랑 다쳤다고 해버릴까?'
그래 봤자 도토리 키재기다.

난 사소한 것들에 매여서 자유롭지 못할 때가 많다.

닭을 사서 돌아오는데 담벼락에 기대어 어린아이가 울고 있다.
엄마는 어디 가고 혼자서 울고 있을까?
갑자기 어렸을 때 막내의 얼굴이 저 아이 눈물 위로 보인다.
나도 소리 내어 목놓아 울고 싶다.

바람색은 날마다 변한다.
어느 날엔 유채색으로 불고 어느 날엔 무채색으로 불어 온다.
핑크빛 맑은 바람이 불면 새소리 낭랑하고 푸른 땅은 빛난다.
상큼한 파랑바람이 부는 날 언덕과 꽃들은 평화의 탈춤을 춘다.
희뿌연 하늘에 스모그로 멍들어버린 잿빛 바람이 멈추어 서면, 질식할 것
같은 공기가 대지를 짓누른다.

막내가 태어나고 나서 난 더욱 심하게 아팠다.
아파서 일어나질 못하고 정신없는 사이, 태어난 아이는 누워 있는 내 옆에
서 자라고 있었다.
위로 세 아이들은 학교에서 집에 오면 공부하고 집안일하기 바빴다.
막내는 자랄수록 바깥세상에서의 공포가 커져 갔지만 아무도 이 아이를
살필 여력이 없었다.
어느 날 EBS 방송을 보면서 누워 있는 나에게 한글을 물었다.
'막내도 벌써 다섯 살이니까 내년이면 유치원을 다녀야겠구나.'

그때서야 막내가 지금까지 집안에서만 있었음을 인지했다.

'이 일을 어찌하면 좋을까?' 마음이 다급해졌다.

유치원가서 아이들이랑 어울리려면 다리에 힘을 키워야 하니까 밖을 나가 봐야 할 텐데, 이 아이를 데리고 나갈 사람이 없었다.

집에서 필요한 생필품들을 주로 요한이 퇴근하면서 사왔다.

생각다 못해 사 올 물건을 적어주며 세 아이들을 시장으로 보냈다.

삼사십 분 정도 걸리는 거리였다.

그냥 올 줄 알고 기다리고 있었지만 두 시간이 흘러도 아이들은 오질 않았다.

인도를 따라가다 소방도로를 지나 신호등 건너면 시장이었다.

그다지 위험한 찻길은 없는데 나가 볼 수가 없어서 참으로 답답했다.

상식적으로 생각하면 많이 자란 아이들이 가까운 곳에 나갔으니까 불안할 일이 아니었다.

두 시간이 흐른 뒤에 세 명의 아이들은 돌아왔다.

대문에 들어서자마자 둘째와 셋째는 통곡을 했고, 그 뒤에 서있는 막내는 겁먹은 표정이 역력했다.

인도를 지나 소방도로에 들어섰을 때, 막내는 달려오는 차를 보고 무서워 떨면서 담벼락에 달라붙어 울었단다.

공포에 가득 차서 크게 울다가 차가 보이지 않게 되자, 담벼락에서 나와 막 걸으려는데 다시 저 멀리에서 차가 보였고, 막내는 다시 담벼락으로 뛰어가 울고 있었다 한다.

이러느라 그 많은 시간이 흘렀으니까 안 봐도 본 것만 같았다.

지나가는 사람들은 쳐다보고 두 아이는 창피하기도 하고 난감했지만, 이 상황을 집에 와서 이야기한들 엄마가 나올 수 있는 형편도 아니니까, 얼마나 답답하고 속이 탔을까?

그보다 더 불쌍한 건 어린 막내

키우다 보니 유난히 민감하고 섬세한 아이인데, 어린 형이랑 누나가 이 아이를 어떻게 이해할 수 있었겠는가?

야단을 맞아 가며 벽에 붙어 얼마나 떨었을까?

가슴이 미어졌지만 마음처럼 막내를 끌어안고 울 수가 없었다.

그랬다간 이 아이는 영원히 밖을 나다니질 못할 것 같았다.

얘들아, 나를 용서해 다오.

다음 날도 나는 세 아이를 시장에 보내야 했다.

두 아이는 그러면 시장에 안 가겠다고 했다. 동생 바보 만들면 안 된다며 다시 내보냈지만 어제보다 더욱 심각했다.

막내를 불러 그림을 그려 주면서 위험하거나 무서운 것이 아니니까, 누나 손을 꼭 붙잡고 걸으면 된다고 설명을 했다.

정말로 알아듣게 이야기하고 내일부터는 잘 다녀오기로 약속했다.

다음날이 되어 다시 밖으로 내보냈으나 결과는 똑같았다.

예전에도 막내가 어쩌다 밖에 나가면 불안해한다고 느꼈지만, 크면 괜찮겠지 하고 다들 아무렇지 않게 생각했었다.

내가 일어나서 걸을 수도 없고, 어떻게 단련을 시켜야 집 밖에서 익숙해질지 참으로 난감해졌다.

막내의 바깥 공포는 다른 수많은 급한 일 중에 하나가 되었다.

주일날은 아빠랑 밖에 나가 보았지만, 아빠 아니라 누구라도 막내는 달려오는 차에 대한 두려움을 이길 수 없었다.

다음 날도 가지 않겠다며 있는 대로 성질내는 두 아이랑 막내를, 또다시 달래다가 소리를 지르다가 해서 내보냈다.

집에 들어 온 막내의 얼굴에 무섭게 서려있던 공포심이 반으로 줄어보였다.

나는 순간적인 판단을 했다.

막내를 내 앞에 세워 놓고 주먹으로 이마를 사정없이 쥐어박았다.

엄마 노릇을 못해서 항상 따뜻하게만 대해 줬기 때문에 눈물이 가득 담긴 토끼눈으로, 소리 내어 울지도 못하고 나를 보며 떨고 있었다.

아, 바라만 봐도 불쌍한 이 아이를 어찌하면 좋단 말인가!

여기서 내가 무너지면 모든 것은 끝난다.

누가 이 아이의 웃지 못 할 공포를 없애 주겠는가?

나는 철저하게 내 감정을 통제해야 했다.

알아듣게 설명을 했는데도 이렇게 무서워하면, 이보다 더 아프게 맞을 거라며 차보다 더 무서운 얼굴로 밀어붙였다.

뜻밖에도 약효는 직방이었다. 다음 날부터 담벼락에 달라붙진 않았고 서서히 차의 공포에서 벗어났다.

두 달 가까이 아이들의 아우성을 뒤로 한 채 날마다 밖으로 내보냈다.

겨울방학이 되어 산꼭대기에 있는 복지관으로 세 명을 피아노 교습을 보냈다.

복지관아래 산복도로는 길이 험해서 웬만한 등산 코스보다 가파른 길이다.

어른 걸음으로 왕복 두 시간 거리였다.

어린 아이들을 생각하면 앞이 캄캄했지만, 조금 있으면 유치원을 다녀야 하니까 더 이상 망설일 수가 없었다.

거센 바람이 불고 매섭게 추운 날들……

수도 없이 넘어지고 발이 부르트고, 아이들은 울다가 투정부리다 어느 날은 밥을 먹다가도 잠이 들곤 했다.

지금 생각하면 그 멀고도 험한 길, 계단도 많은 곳으로 어떻게 보냈을까?

막내의 눈물 앞에 온 가족이 초비상 상태였다.

다행히 겨울방학 내내 세 아이들의 수호천사가 동행을 했다.

위험한 길에서 앞서거니 뒤서거니 하면서, 커다란 날개를 펼쳐 안전하게 보호해 주셨다.

무사히 대문에 들어설 때마다 안도의 한숨을 내쉬었다.

어린 아이들이 한참 자랄 때 내가 할 수 있는 일은

하늘의 도우심을 청하는 '축복기도'였다.

'성부의 강복과 성자의 사랑과 성령의 힘과

천상 어머니 함께하심과 모든 천사와 성인성녀들의 도우심이

우리 (누구에게) 오늘 그리고 내일 그리고 영원히 아멘.'

꽃샘추위 _2018.03.09.

오늘 미사는 78세 되신 어느 형제님 장례미사이다.

죽음의 공포와 싸울 때마다 나의 장례미사 장면을 떠올리곤 했었다.

'어둠의 통곡소리 그치게 하소서.'

성가대의 성가가 애잔하게 들려온다.

아직도 살아있음에 예수님을 바라보며 씨익 웃었다.

예수님도 한쪽 눈을 찡긋 하시더니 소리 없이 함빡 웃으신다.

형제님은 중환자실에서 6개월간 투병생활하시다 돌아가셨다 한다. 가족 친지들이 그동안 이별 준비를 하셨음인지 아무도 우는 사람이 없다.

공자 왈 가장 화려한 장례식은, 화관이 줄지어 있고 고위 공직자를 비롯해서 많은 사람들이 참석해 거대하게 치르는 것이 아니라, 망자를 떠나보내기 아쉬워 진정으로 슬피 우는 곡소리가 많이 나는 곳이라 했다.

작년 여름에 막내 친구 할머니가 돌아가시던 날의 장례미사를 잊지 못한다. 가족을 잃은 서러운 울음은 순수한 인간의 정이었다.

얼마나 가족애가 두터웠을까?

그 할머니는 어떻게 사랑을 실천하셨을까?

고등학교 3학년인 막내친구는 허리가 끊어질 것처럼 구슬프게 울었다.

가족들이 많지 않아 조촐했지만 참으로 숭고한 장례미사였다.

미사 드리고 갑천에 나왔다.

아직 때가 이른데 며칠 전 기온이 20도까지 오르더니 다시 급강하했다.

이맘때면 나타나는 자연현상이다.

나는 평상심을 유지하지 못하고 변덕이 심하단 생각을 수시로 하는데, 날씨도 이런걸 보면 나만의 문제가 아닌 것 같아 위로된다.

날이 차서 조금만 가려했는데 헛생각하다 그만 다리 하나를 더 가버렸다.

대덕대교에서 돌아오는 길에 그나마 흐릿한 햇살은 먹구름 속으로 숨었다.

강바람이 매서워 손끝이 얼어버릴 것처럼 추웠다.

동상 걸려 밤마다 이불 속에서 발가락이 간질거리던 때가 생각난다.

뭘 하며 발이 얼도록 놀았을까?

을씨년스럽게 추워서 집까지 갈 일이 걱정이다.

급할 때마다 부르는 나의 이름 '예수마리아요셉'을 반복해서 불렀다.

손이 시려 휠체어를 멈추고 두 손을 잡고 있다 보면 몸이 더욱 떨렸다.

입술이랑 코도 얼어서 가슴 통증이 올라온다.

갑천을 다니다 보면 때때로 기습적인 자연의 추위와 더위를 만난다.

꽃샘추위를 이겨 내고 집까지 가야 한다.

예수마리아요셉에 멋지게 가락을 넣어 봤다.

흥얼거리는데 집중하느라 나도 모르게 큰소리로 노래를 불러버렸나 보다.

뒤따라오던 자전거맨이 낄낄거리며 큰소리로 웃고 간다.

'아저씨 내 말 좀 들어 보소. 난 지금 노래를 한 게 아니라 가락에 맞춰 기도를 하고 있는 거라오. 장갑도 못 끼어 손이 깨질 것만 같소. 아시겠소?'

가슴이 답답하고 정신도 오락가락했다.

길가에 늘어선 조팝나무 길에 들어섰다.

이제 막 눈을 비비고 나온 연두색 여린 새싹들이 앙상한 가지마다 매달려,

다시 들어가지도 못하고 오들오들 떨고 있다.

"어쩌면 좋아. 태어나자마자 이 무슨 고생이야?

잘 견디어 내그래이."

자퇴한 아들과 나   _2018.03.23.

미세먼지 나쁨이다.

미사만 드리고 집으로 오려다 그냥 들어가기 아쉬워 갑천에 나왔다.

생각과 달리 봄바람이 불어와 산뜻한 기운이 느껴진다.

강가에 앉아 흐르는 물을 하염없이 바라보았다.

정겹게 흘러가는 강물소리가 졸졸졸 잠자는 생명들을 깨우고 있다.

강물은 갈대밭과 바위를 만나면 맞서는 법이 없다.

언제나 순순히 유연하게 돌아간다.

갑천 강물 옆 풀밭에는 노자의 시 한 편이 돌에 새겨져 있다.

강해시려면 흐르는 물처럼 되어야 한다.

물이란 장애물만 없으면 유유히 흐르고

장애물이 있으면 흐르지 않는 법이다.

네모난 관이면 물은 네모나게 흐를 것이다.

둥근 관이면 물은 둥글게 흐를 것이다.

물은 부드럽게 마음대로 흐르기 때문에

가장 불요불급하고 강한 것이다.

클라라 수녀님은 기관지가 안 좋아 미사시간에도 항상 잔기침을 했다.

이번에 공기 질이 안 좋은 인천 공단이 있는 본당으로 발령이 나서 때론 생각이 난다.

이런 곳에서 함께 있으면 좋으련만 나만 있어 미안한 마음이 스친다.

갑천으로 함께 나와 꽃과 나무이름을 물으면 모르는 게 없었다.

안셈 수녀님도 자전거를 잘 타서 간간이 함께 나와서 신나게 달렸다.

수녀복 입고 하얀 이를 드러내 웃는 발랄한 모습은 신선했다.

수시로 이동을 하니까 수녀님들과는 만나면 헤어질 연습부터 한다.

딸이 요즘 입기 좋은 얇은 패딩을 사줘서 기분이 좋다. 수녀님들도 자식 키우면서 그렇게 저렇게 살고 싶은 마음이 때때로 들까? 자기가 살고 싶은 곳에서 살 수 없는 수도자들의 삶도 만만치 않을 것 같다.

여러 생각을 하다가 내가 아주 큰 걸 놓치고 있음을 알았다.

텅 빈 성당에 앉아 있을 때면 그 곳은 다른 세상이다.

나의 숨소리만 들리는 곳에 앉아 십자가에 달리신 예수님을 바라보고 있으면, 인간이 줄 수 없는 감미로운 평화가 흐른다.

들릴 듯이 들리지 않는 부드러운 목소리는 바람 속의 주님이시다.

수녀님들은 자기 속내는 드러내지 않고 다들 나보고만 고생한다고 한다.

흐르는 강물처럼 말없이 주님께 순명하며 살아가는 고귀한 삶이다.

사람들은 왜 모를까? 이토록 좋으신 주님을.

성가 '세상에 외치고 싶어 주님이 누구신지.' 를 흥얼거리다 수녀님들에 대한 애틋한 마음도 사라졌다.

'그려 다들 자기 소명대로 사는 기라.'

소명!

그렇다면 나의 소명은 무엇인가?

엄마라는 위치에서 제 역할을 못하니까 첫 단추가 잘못 끼워진 것처럼, 집 안의 모든 일은 맞물려 비켜갔다.

구겨진 신문지 조각이 허허로운 바람에 쫓겨, 허둥대는 볼 성 사나운 모양새가 나의 모습이었다.

지나온 발자국마다 부끄럽고 후회스럽다.

몇 년 전 큰 아들이 서울에서 대학을 다니다 일 년 만에 집에 내려왔다.

"함께 갑천 갈래?" 했더니 무슨 맘이었는지 따라 나섰다.

휠체어 뒤에서 자전거로 바짝 붙어 한참을 오다가 말을 걸었다.

"저기 혼자 앉아있는 새는 무슨 생각을 하고 살아요?"

왜가리였다.

"그걸 내가 어떻게 알아? 저 새한테 물어야지."

둘은 갑천 한 바퀴를 도는 동안 그러다 왔다.

어렸을 때 볼수록 사랑스럽고 예뻤던 그 아들을 기억하며 행복했다.

14년 전 어느 날의 일기이다.

'어쩌자고 큰 놈은 고등학교를 다니다 말고 자퇴를 했을까?

오늘 아침에도 밥을 먹다 말고 싸우다, 나는 방바닥으로 반찬 뚜껑을 집어 던졌다.

조용해진 시간에 막내가 나에게 다가와서 심각하게 말했다.

아무리 생각해 봐도 엄마는 성인이 되기는 조금 힘들 것 같다고 했다.

얼떨결에 한 대 얻어맞은 나는 밖으로 눈길을 돌려 쓴웃음을 삼켰다.

이놈은 중학교 들어가서 전교 1등을 하더니, 하고 싶은 게임과 판타지소설 좀 읽다가 공부는 나중에 해도 되겠다고 생각했단다.

난 그런 줄도 모르고 그 성적을 유지하라고 학원을 보냈다.

마음이 콩밭에 가 있는 놈은 허구한 날 PC방을 드나들었고, 학원에서는 자주 결석한다고 연락이 왔다.

말을 해도 안 먹혀서 돈이 아까워 학원을 보낼 수 없었다.

고등학교에 들어가서 벼락치기로 공부를 시작했다.

학교에선 쓸데없이 허비한 시간이 많다며 투덜거리고 다니더니, 인터넷과 EBS 강의 듣고 따라잡겠다며 2학년 여름방학 때 자퇴를 했다.

뜻하지 않게 기가 막힌 둘과의 전쟁이 시작된 것이다.

아침부터 수차례 소릴 질러 깨워야 일어난다.

수학문제 하나를 하루 종일 풀어도 안 풀린다며 짜증낸다.

콧구멍이 막힌다고 찍찍거린다.

어울릴 친구가 없어 입이 마르고 가슴이 탄단다.

피곤하다며 낮잠 잔다고 드러누워 안 일어난다.

컴퓨터 앞에 앉아 강의 들으며 알아듣질 못하겠다고 짜증낸다.

의욕을 잃어버린 무기력한 목소리는 사람 잡는다.

비쩍 말라서 입에 맞는 것이 아니면 먹는 것도 시원찮다.

왜 자느냐. 운동해라, 코 청소 해라, 골고루 먹어라.

나는 요령껏 달래지도 못하고 정해진 규칙에 따라 소리 지르며 싸운다.

도서관 가서 눈에 안 보인 날은 숨 쉬기 좋은 날이다.

이래저래 둘 사이에 애틋한 정이 모두 사라진 기분이다.

이건 할 짓이 아닌 것 같다.

설마 저 놈이 재수하겠노라 하진 않겠지?'

내일은 출근시간 한 시간 연장, 도시락, 수험표, 신분증 지참.

어디선가 수능시험이란 소리만 들려도 신물이 올라온다.

서울에서 재수학원 다니느라 돈이 많이 들었다.

재수해서 들어간 대학에서 하루 다니다 다시 학원을 갔다.

3수하고 서울에서 잘 다니고 있는 줄만 알았더니 두 달 다니고 자퇴했단
다. 4수하고 대학 들어가서 군대 갔다.

공익근무하면서 정확하게 말하면 5수하고 6수까지 했다.

결국 국어가 발목을 잡아 그토록 원하던 대학을 못 갔다.

정말 끔찍했다.

가진 것도 없으면서 눈만 높이지 말고 대학 가서 열심히 하라고

나는 소리 지르고

출세를 하려면 좋은 대학을 가야 한다며 이놈은 우기고

출세가 뭔데? 하면서 나는 다시 소릴 지르고

둘이는 대화가 통하질 않았다.

3수를 하고 수능시험이 끝났던 주일이었다.

국어를 풀다 마지막 4문제를 못 풀어서 찍었는데, 그렇게 기도하고 미사도

빠지지 않고 다녔지만 하나도 맞추지 못했다면서, 믿어 봤자 소용없다며

주일 미사에 가지 않겠다고 했다.

여기서 내가 이놈을 조금만 공감해 주고 이해했으면 얼마나 좋았을까?

"지금 무슨 소리 하느냐. 그래도 미사는 가야지."

내 말이 떨어지기 무섭게 소리를 버럭 지르면서 제발 나를 내버려 두라고,

마음 같아선 성당 마당에 있는 성모상을 깨버리고 싶단다.

난 다시 나의 감정에 충실했다.

가만히 듣고 있을 수가 없었다.

"이 새끼가 미쳤나 보다."라고 했더니 이놈은 진짜로 미쳐 버렸다.

돌아보는 자국마다 나는 어리석기 짝이 없었다.

나 때문에 집 안에서 끊임없이 분란이 일어났다.

한걸음만 물러서서 보면 될 것을 왜 그리 속이 좁았을까?

나도 때론 묵주를 집어던지면서 얼마나 예수님께 대들었던가!

큰 놈은 방으로 들어가 커다란 거울을 주먹으로 쳐서 박살을 내버렸다. 요

한이 달려가서 힘으로 겨우 제압해 정신을 돌렸지만 그 길로 집을 나가버

렸다.

공포의 싸늘한 밤은 길었다.

다음날 오전에 창백해진 허연 얼굴로 들어왔다.

어디서 밤을 새었을까? 묻지 않았다. 들어와 줘서 고마웠다.

언젠가 막내가 충격적인 말을 했다.

어릴 때를 생각하면 엄마가 아파서 당한 아픔은 기억도 없단다.

엄마랑 형아가 싸운 것만 기억나고, 지금도 집안에서 고성이 오가면 통제하

기 힘든 울렁증이 올라온다 했다.

자퇴한 아들과 나는 마법의 성에 갇혀서 함께 돌아 버렸던 것 같다.

사노라면 가지 말아야 할 길이 있다.

중고등학교 때 자퇴는 정말 신중해야 할 것 같다.

또래 아이들과 어울릴 수 없는 스트레스는 감당하기 힘들었다.

뒤늦게 대학 들어가서 전공 공부 하느라 책상에만 앉아 있었다.

저렇게 열심히 할 줄 알았으면 잔소리 하지 말고 내버려 둘 것을……

어느 날은 이놈이 밥을 먹으면서 혼잣말로 중얼거렸다.

공부를 안 하고 놀면 매를 때려서라도 열심히 시키지

공부해야 할 때 놀아버려서 나이가 많다 보니

대학생활을 제대로 못하고 공부에만 매달리다 보면 짜증이 난다 했다.

어머나

매를 들진 못했지만 나랑 싸운 건 다 뭐였지?

무슨 말인가는 목구멍까지 기어 올라왔지만 삼켜야 했다.

말을 제대로 전달 못한 내 탓이다.

그러나 소리 없는 아우성

나는 속으로 말하고 있었다.

아마도 초등학교 1학년 여름방학이었을 것이다.

'네가 초등학교 입학하기 전부터 태권도 배웠던 것 기억나니?

말을 안 들어서 내가 손을 들어 치려고 했을 때, 너는 내 손목을 잡아 비틀어버렸고 아파하는 나를 뒤로 하며 씩 웃고 사라져갔잖아.'

엄마가 관절이 아파 때릴 수 없음을 일찌감치 파악하고 있었다.

이 청개구리 같은 놈을 나는 밥을 먹다 말고 기습적으로, 숟가락으로 머리 한 번 때린 것 말고는 때려 보지도 못했다.

몇 년 전 어느 날 내가 먼저 정식으로 사과했다.

"아파서 정신없이 살다 보니 내가 필요 이상으로 너에게 화를 냈던 것 같다. 미안하다."

내 말이 떨어지기 무섭게 "알긴 아네." 하면서 쏘아 붙였다.

몇 걸음 돌아서 가다 말고 기어들어가는 소리로 "나도 미안해요."

나를 닮아 뒤끝이 없다.

우린 그렇게 서로를 이해했다고 생각하고 있다.

회한 _2018.03.27.

미세먼지도 아니고 초미세먼지 나쁨이다.

기도 모임 끝나고 갑천에 나왔다.

나는 미세먼지를 마시더라도 갑천이 좋다.

그 어느 것도 너무 집착하면 안 된다는데 자연의 품안이 나를 부른다.

봄바람이 불었을까?

저 멀리 펼쳐진 앞산까지 선명하게 보인다.

흰 구름 한 덩이가 산중턱에 앉아 새소리와 함께 이중창으로 따뜻한 봄을
노래한다.

날이 더워서 지나가는 할머니께 겉옷 좀 벗겨 달라 했다.

이런 부탁을 할 땐 얼굴 표정을 살펴보고 밝은 얼굴을 한 사람에게 말을
건다. 심각하고 어두운 얼굴을 하고 있으면 왠지 화를 낼 것만 같아 입이
안 열린다.

지난 가을 어느 날에도 환한 미소의 외국 여성에게 부탁을 했다.

내가 하는 한국말을 못 알아들었고 난 영어로 말을 할 줄 몰랐다.

손으로 겉옷을 붙들고 "드레스 아웃."하니까 활짝 웃으며 벗겨주었다.

한참을 가는데 참새들이 왜 그냥 지나치느냐며 큰소리로 인사한다.

"맞아, 내가 잠깐 헛생각을 했지 뭐니."

어머나, 참새들이 노란 개나리꽃 사이에서 즐겁게 놀고 있다.

며칠 전까지도 보이지 않던 꽃들이 저리 만개해 있을 줄이야.

작고 노란 개나리꽃들이 너무 반갑다.

"니네들 언제 이리 나왔니?"

"응, 어저께 봄 햇살이 깨워서 나왔어."

서로 얼굴을 비벼가며 환하게도 웃는다.

들판 가득 핀 개불알꽃도 요정이 스치듯 앙증맞은 얼굴로 인사한다.

"이렇게 깜찍하고 귀여운 꽃들에게 정말이지 이름을 지랄맞게 지어 줬지 뭐

야. 너무 억울해하지 말그래이.

이름이야 무슨 상관이겠니?

세상 일이 다 내 맘대로 안 되는 기라.

나도 이런 꼴로 살고 싶지 않았지만 어쩔 수 없잖아."

이슬 머금은 보라빛 눈망울이 슬프도록 화사하다.

돌아오는 길은 서풍이 실어 온 강물 내음에 모든 스트레스가 날아간다.

오늘도 따뜻한 선물을 받은 기분이다.

강물에 한눈을 팔고 오는데 민들레가 나는 왜 그냥 지나치느냐며 볼멘소리로 부른다.

"어머나, 너도 나왔니? 미처 못 봤어 미안해.

홀씨 되어 날아가는 날, 부족한 나를 잊지 말고 잘 살게 도와주시라고 바람에게 말해줘. 알았지?"

노란 꽃신을 신고 달려와 휠체어 뒤를 살포시 밀어 준다.

아, 정말 완연한 봄이다.

저 멀리 들판 가운데에선 중년의 아저씨가 쑥을 뜯고 있다.

여인의 모습이었다면 그냥 지나쳤을 것이다.

100세 시대란다.

너무 외롭고 무료해서 가는 시간 달래려고 쑥을 캐고 있는 건 아닐까?

뜯어다 방앗간에 팔기 위해 일하고 있나?

어느 95세 어르신의 '회한'이란 수기이다.

나는 젊었을 때 정말 열심히 일했습니다.

그 결과 나는 실력을 인정받았고 존경을 받았습니다.

그 덕에 65세 때 당당한 은퇴를 할 수 있었죠.

그런 내가 30년 후인 아흔 95세 생일 때 얼마나 후회의 눈물을 흘렸는지 모릅니다.

내 65년의 생애는 자랑스럽고 떳떳했지만, 이후 30년의 삶은 부끄럽고 후회되고 비통한 삶이었습니다.

나는 퇴직 후 '이제 다 살았다, 남은 인생은 그냥 덤이다.'라는 생각으로 그저 고통 없이 죽기만을 기다렸습니다.

덧없고 희망이 없는 삶, 그런 삶을 무려 30년이나 살았습니다.

30년이란 시간은 지금 내 나이 95세로 보면 3분의1에 해당하는 기나긴 시간입니다.

만일 내가 퇴직할 때 앞으로 30년을 더 살 수 있다고 생각했다면, 난 정말 그렇게 살지는 않았을 것입니다.

그때 나 스스로 너무 늙었다고, 뭔가를 시작하기엔 늦었다고 생각했던 것이 큰 잘못이었습니다.

나는 지금 95세이지만 정신이 또렷합니다.

앞으로 내가 10년 20년을 더 살지 모릅니다.

이제 나는 하고 싶었던 어학 공부를 시작하려 합니다.

그 이유는 단 한 가지, 10년 후에 맞이하게 될 105번째 생일 날, 95세 때 왜 아무것도 시작하지 않았는지 후회하지 않기 위해서입니다.

공감 가는 회한의 글이다.

나야말로 아프다는 이유로 덧없는 세월을 많이도 살았다. 그런데 난 이승에서 얼마의 시간이 남아있고 내 삶의 의미는 무엇인가?

미세먼지에 나를 가둬두고 멋진 갑천을 안 나왔으면 서운했겠다.

내 친구 갑천으로 봄이 돌아와 줘서 행복하다.

갑천은 나에게 즐거움도 선사하고 살아가는 지혜도 가르쳐 주며

자기들의 삶을 그리고 나의 인생을 논할 것이다.

아름다운 나의 정원이다.

주치의 같은 막내 _2018.03.29.

비둘기 한 마리가 산책로 풀 섶에서 일어나질 못하고 있다.
작은 비둘기가 그 옆을 서성이고 있는 걸 보니 엄마 비둘기인 것 같다.
속도내서 달리는 자전거를 피하지 못하고 다리를 다쳤을까?
집으로 데리고 가 치료해 주고 싶은데 휠체어에서 내릴 수가 없어 안쓰럽게
쳐다만 보았다.

부산에서 살 땐 중형급 태풍이 수시로 강타했다.
태풍 매미가 지나갔을 때가 벌써 10여 년 전 일이다.
거센 비바람에 수도와 전기도 끊겼다.
옆집 사는 자매님은 베란다 창틀이 흔들려 나갔다가, 바로 창틀이 떨어
져버려 온 몸에 유리 파편이 박혀서, 그 요란한 밤에 구급차로 병원에 실
려 갔다.
마산에서 건강 기구를 판매하던 자매님은, 가게가 물에 잠겨 가진 재산 다

잃고 시름시름 앓다가 돌아가셨다.

태풍 비슷한 통증으로 내 몸도 때때로 휩쓸렸다.

밥을 먹을 수 있도록 내가 반찬만 담당 해줘도 견딜 만한데, 그마저도 못하고 누워 있으면 음울한 검은 그림자가 집안 가득 맴돌았다.

먹는 약마다 차도는 없고, 통증으로 몸 안의 관절이 점점 변형되어 가면 붙들어 볼 희망이 없었다.

요한은 양약을 못 먹겠으면 그래도 과학적으로 입증이 된 벌침을 맞으라고 했다.

두드러기가 나서 중단했는데 나한테 잔소리하는 걸로 자기의 답답함을 푸는 것처럼 보였다.

나더러 병을 이겨 내려는 의지가 약하다고 밀어붙였다.

자신이 없었지만 그렇다고 내 주장만 하고 있을 수도 없었다.

그럴수록 싸움은 극성을 부리고 희망이 사라진다.

생각다 못해 기력을 보충하는 공진단을 먹으면서 벌침을 맞으러 다녔다.

벌침을 맞으러 가기 위해 요한은 직장에서 조퇴를 하고 왔다.

힘이 부친 날도 미안해서 차마 못 가겠노라 말을 할 수가 없었다.

숨이 넘어가다 돌아오기를 반복하는 침 몸살은 다시 시작되었다.

정신없이 살다가 언젠가는 차에 엔진오일이 다 떨어졌는데 모르고 있었다.

길 가운데서 달리던 차가 연기를 내뿜고 멈춰 버려서 아찔했다.

많은 수리 비용이 들었지만 그날 침을 안 맞은 것이 나는 더 좋았다.

4일에 한 번씩 벌침을 맞았는데 두 달을 넘어가던 어느 날이었다.

사흘간 잠을 설쳐 가고 싶지 않아 많이 불안했지만 견뎌 내려니 하고 침을 맞으러 갔다.

불안은 현실이 되었다.

버텨낼 수 있는 한계점을 넘어서버렸다.

침을 맞고 왔는데 호흡곤란으로 가슴이 답답하고 정신이 혼미해졌다.

청심환을 먹어 보고 벌독을 해독한다 해서 밤 껍질 삶은 물도 먹어 봤다.

그 순간뿐이었다.

불안정한 상태로 잠은 돌아오지 않았다.

기력이 남아 있을 때 벌침을 알았더라면 분명히 효과가 있었을 것이다.

잠을 자 보려고 개고기 넣은 한약을 먹었지만 소용없었다.

수면제로 버티는데 갈수록 맥박이 빨라지면서 몸은 차가워졌다.

질식을 했다 깨어난 몸은 죽음을 향해 달리고 있었다.

정체불명의 혼돈과 집착으로 절박한 상황으로 정신까지 혼미해졌다.

아, 나의 삶을 어떻게 바라봐야 하는가?

지금까지의 삶을 다양하게 접근해 보고 긍정적인 요소들을 모두 대입해 봤지만, 나는 패배자 그 이상도 그 이하도 아니었다.

그런데 신은 존재하는가?

이토록 무심한 하늘을 보면 신이 존재할 리가 만무했다.

죽고 나면 흔적도 없이 사라질 것을 괜한 기대에 천국을 그리고 있진 않았을까?

사랑의 하느님이라? 웃기는 이야기이다.

어쩌면 나는 인간의 약점을 이용한 종교라는 거대한 사기 집단속에서 지금까지 살고 있지 않았을까?

영원한 생명은 허구이고, 죽음은 죽음 그 자체로 끝일 것이다.

아, 정말 그럴까? 아니야, 아닐 거야.

정신 줄까지 놔버리진 말자.

무슨 이유로 나에게 이토록 무심하신지 몰라도 어떻게 삼라만상을 지배하신 하느님을 부인할 수 있겠는가?

세계 곳곳에서 신비로운 모습으로 성모님은 발현하셨다.

루르드, 파티마, 과달루페, 메주고리예, 아키다, 반뇌……

성모님은 항상 죄인들의 회개와 세계평화를 위해서 기도하라 하셨고, 주님 안에서 기쁘고 즐겁게 살라고 눈물로 호소하셨다.

언젠가 TV에서 미스터리 극장을 보았다.

어느 기자가 죽었다가 깨어난 사람들과 인터뷰를 했었다.

10명 모두 체험은 다양했지만 공통점이 있었다.

임사체험을 한 후엔 하나같이 완전히 다른 모습으로 삶이 변했다.

지금까지의 삶은 정리하고 철저하게 남을 위한 봉사의 삶을 살고 있었다.

다음 생이 존재함을 생생한 체험을 통해서 깨달았기 때문이다.

잔잔한 감동을 주는 소박한 즐거움은 단순하고 깨끗했다.

영생의 희망으로 스스로의 굴레를 벗어 버린 승화된 삶은 아름다웠다.

성당에서 그토록 알아듣게 말해도 믿기 힘든 것이 부활과 천국이었다.

저분들의 변모된 모습은 영생에 대한 확신을 주었다.

상상을 초월한 미지의 세계

시공을 넘어선 신비로운 그 어느 곳에 하느님 나라는 있을 것이다.

변화무쌍하면서도 조화로운 자연의 질서,

아무리 과학이 발달해도 잡초 한 포기 만들 수 없는 생명의 신비,

기묘하고 광활하게 펼쳐진 빅뱅의 우주.

신은 존재한다.

창조주이신 하느님을 어떻게 부인할 수 있겠는가!

하늘에서 내리던 비가 다시 거슬러 하늘로 되돌아갈 수 없듯이

거대한 힘에 의한 순리 또한 역행할 수 없다.

하느님의 뜻을 감히 이해할 수 없고, 상상도 불가하지만 믿고 따라야 한다.

어쩌면 이 세상이라는 거대한 연극 무대 그 찬란한 공간에서, 나에게 맡겨진 배역을 따라 신의 섭리에 의해 이끌려가고 있지 않을까?

나는 지금 나에게 주어진 길을 가고 있을 것이다.

그런데 왜?

왜 하필이면 이토록 기막힌 운명이 나의 것이어야 하는가?

얼마나 많은 시간이 돌고 돌아서 이 길을 받아들일 수 있을까?

'정말로 싫습니다,

이 처참한 수렁에서 저 좀 구해주십시오.'

아무리 울부짖어도 그 어디에서도 보이지 않는 주님의 이름은 침묵이셨다.

그러나 발버둥 쳐도 안 되는 거라면 내 마음을 예수님 곁에 두어야 한다.

그 길만이 내가 미치지 않고 버틸 수 있는 힘이다.

처절한 나의 삶을 끌어안고 다시 부르고 매달려야 한다.

'주님, 불쌍한 죄인에게 자비를 베푸시어 제 영혼 받아 주십시오.

눈물로 호소합니다. 저 어린 아이들이 잘 살아가도록 보살펴 주십시오.'

여러 가지 일들을 나름대로 정리해야 했다.

요한이 늦도록 들어오지 않고 있던 어느 날 밤이었다.

아이들 세 명은 그래도 많이 큰 것 같은데, 막내는 지금까지 아픈 엄마만

쳐다보며 살다가 죽고 나면 얼마나 힘들까.

어찌해야 하는가?

잘못 말해 상처 입을까 걱정이 앞섰지만, 아빠는 바빠서 이 아이를 챙기지

못할 것 같고, 형들이랑 누나는 자기들 어릴 땐 기억 못하고, 어린 동생에

게 제대로 못한다며 야단칠 게 눈에 선했다.

여러 번을 망설이다가 조심스럽게 말을 꺼냈다.

"막내야, 정말 미안하다. 죽고 싶은 마음은 없지만 왠지 자신이 없어,

혹시라도 내가 죽거든 너무 슬퍼하면 안 돼.

힘들고 괴로운 일 생기면 엄마 대신 성모님을 엄마라고 생각하며 살아야해. 너의 슬픔을 성모님께 이야기하면 엄마 대신 따뜻하게 만져 주실 거야. 요한 바오로2세 교황님께서도 어려서 엄마가 돌아가시고, 성모님을 엄마처럼 생각하고 살았는데 저렇게 훌륭한 분이 되셨잖아.

내 말 알아들었지?"

막내는 아무런 반응이 없더니 코를 훌쩍 들이마셨다.

당차게 소리라도 내서 울어주면 좋으련만 간간이 훌쩍거린 소리만 들려왔다. '저토록 어린 아이를 두고 어떻게 눈을 감을까?'

가는 길에 저 아이를 가슴으로 묻고 가야할 것 같았다.

기왕 말을 꺼냈으니까 잘 살라고 당부를 했다.

"친구도 부모님 이혼하고 아빠하고만 살잖아. 너도 잘 견딜 수 있을 거다."

조용하던 아이가 큰소리로 말했다.

"친구는 엄마가 매달 찾아오고 아빠도 밤에 일하고 낮에는 집에 있어."

"우리가 몰라서 그렇지 부모 없는 아이들 더러 있을 거야. 아빠랑 형들 누나도 있으니까 기죽지 말고 건강해야 해."

우리 둘의 대화는 공허한 메아리 되어 되돌아왔다.

요한은 밤늦게 들어왔다. 내과 선생님이 입원을 해서 수면제를 주사로 맞고 자고나면, 잠이 돌아올 수도 있다 했단다.

내일이라도 당장 입원하자고 했다. 나는 숨이 막혔다.

오랜 세월을 함께 살았으면서 남과 다른 나를 알지 못했다.

다른 방법은 없고 답답한 심정을 모르는 바는 아니지만, 사각지대에 몰려서 가장 힘들어 할 때면, 어김없이 병원으로 가야하고 병원 약을 먹으라고 소리를 질렀다.

나는 약을 먹을 수 없다는 걸 알면서 왜 힘들 때마다 더욱 힘들게 하느냐하고, 요한은 남들은 다 병원에 가서 치료를 하는데 왜 집에서만 이렇게 저렇게 하느냐고 소리 지르고, 우리는 밤늦은 시각에 서로 자기주장만 하면서 옥신각신 싸웠다.

왜? 왜? 둘은 대화가 될 수 없었다.

교양, 인내, 절제, 화목, 사랑, 행복.

우리 집에서 이런 고상한 단어들은 오래 전에 떠나버렸는지 모른다.

괴괴한 침묵이 흘렀고 다른 방에 있는 아이들은 쥐죽은 듯 조용했다.

함께 자는 막내가 갑자기 일어나 내 가까이 다가왔다.

눈이 마주치는 순간 나도 모르게 돌아누워야 했다.

얼마나 울었는지 새빨갛게 부어 있는 눈이 아픈 속을 후벼 팠다.

막내는 내 등 뒤에서 작지만 확신에 찬 목소리로 말을 했다.

엄마는 허약해서 약 기운을 이겨낼 수 있는 힘이 없으니까, 수면제 양을 많이 줄여서 반의 반만 먹어 보란다.

아, 아홉 살의 어린아이는 나를 정확하게 보고 있었다.

약을 줄이고 그날 밤 두 시간 남짓 잠을 잔 것처럼 잤다.

그만큼만 자도 숨쉬기가 한결 수월했다.

잠을 자면서도 내가 신음소리를 내면 한숨을 쉬면서 자곤 하더니,

나의 아픔을 어린 영혼 깊은 곳에 새겨두었을까?

눈에서 흐르는 눈물은 닦을 수 있지만 보이지 않은 눈물은 닦을 수 없다.

나는 다시 삶 쪽을 향해 돌아섰다.

밤마다 수면제 양을 조절해 가며 연명을 했다.

막내는 하늘에서 내려온 나의 주치의 같았다.

불면증으로 곡예를 하다 성당에 가면 수녀님은 천국에 있었다.

내 앞에 앉아서 신부님이 강론만 시작하면 고개를 흔들며 졸고 있었다.

새벽미사부터 같은 소리를 들으니까 저절로 잠이 든 것 같았다.

부러운 마음에 눈을 감고 나도 따라 고개를 흔들어 보았다.

그리움이 깊어 아픈 날 _2018.04.04.

새벽에 빗님이 촉촉이 내려서 공기가 상쾌하다.

미사 드리고 갑천에 나왔다.

만개한 조팝나무 벚나무 화사한 꽃들이 물결을 이루었다.

날이 다시 쌀쌀해진다는데 바람 따라 가버릴까 봐 아쉽다.

벚꽃들이 오히려 집착은 버리고 오늘 하루 즐겁게 살라며 내 등을 토닥인다.

오늘은 작년 이 맘 때 돌아가신 아버지 기일이다.

미사 시간에도 울음이 나와서 애써 참았다.

갑천에 나오니까 아버지가 그리워 눈물이 멈추질 않는다.

흐린 날씨 덕분에 자전거맨들도 안보여서 마음 가는 대로 울었다.

한참을 울다가 숨 쉬기 힘들어서 억지로 울음을 그쳤다.

갑천을 나오면 사랑스런 친구들이랑 눈으로 듣고 이야기한다.

귀로 들을 때보다 눈으로 이야기 할 때 상대의 마음이 잘 보인다.

잔잔히 흐르는 강물이 나에게 다가와, 인연이란 언젠가는 헤어짐이 있는 거라며 나를 달랜다.

이런 날이면 만화영화의 한 장면이 떠오른다.
시골마을에서 할아버지랑 단 둘이 살던 손자가, 학교에서 집에만 오면 강아지를 품에 안고 사니까, 할아버지가 걱정스러운 눈빛을 감추지 못하고 손자에게 하던 말.
'동이야, 강아지가 이쁘제? 그래도 너무 가까이 하지 말그레이. 세상에서 제일 무서운 놈이 정이란 놈인기라.'

아버지가 보고 싶다.
왜 서양 귀신을 믿느냐며 탄압하던 대원군처럼, 평소에 아버지는 성당의 'ㅅ' 자만 꺼내도 듣기 싫어했다.
아버지에게 예수님은 이유 없이 거부감 드는 단어였다.
나도 예전에 그랬기 때문에 그 기분을 누구보다 잘 안다.
아파서 명절에도 거의 친정집에 가보질 못했다.
셋째 낳고 설날이랍시고 모처럼 친정집에 갔을 때의 일이다.
내가 누구에게 하느님을 믿으라는 말을 하면 소가 웃을 일이었다.
동생들은 하느님을 믿고 싶은 마음이 생기다가도, 나를 보면 오히려 그 마음이 사라진다고 했으니까 그런 말을 꺼낼 수도 없었다.

언젠가 내 꿈에 요한을 닮은 열 살쯤 되어 보이는 아이가 나타나, 아버지가 성당을 다니면 자식들 걱정은 하지 않아도 될 거라 했다. 생각이 단순한 나는 깊이 생각 못하고, 한껏 기대를 하며 아버지께 그 멋진 꿈 이야기를 했다.

아버지 반응은 우리들을 경악케 했다.

배웠다는 놈이 믿으려면 곱게 믿지 광신자 같은 소리나 하고 자빠졌다면서 밥상을 엎어 버렸다.

그럴 줄 알았으면 밥이나 먹고 말을 할 것을 내가 또 사고를 쳤다.

명절이고, 모처럼 나도 오고 해서 엄마는 이것저것 음식을 많이 장만했는데, 엎어진 밥상을 치우면서 아버지 욕을 바가지로 했다.

무심한 세월은 말없이 흘렀다.

죽음이 가까이에서 나를 괴롭히던 날에 난 다시 죄 없는 아버지를 잡았다.

나 죽고 나서 울고불고 하지 마시고 아버지도 성당 가서 기도 좀 잘 해보라며, 또 성질 낼까봐 그 말만 하고 얼른 전화를 끊었다.

아버지는 하루 종일 말없이 앉아있다 그 주일에 성당을 갔고, 세례 받고 나서 이해할 수 없는 놀라운 뜻밖의 반응을 보였다.

젊어서 그토록 분노가 끓어오를 때, 예수님을 믿고 살았더라면 좀 더 수월했을 텐데 이제야 믿게 되어 후회가 된단다.

사람의 생각은 동기가 부여되면 어느 순간에서 바꿔지는 것 같다.

문풍지 찢어진 골방에서 기다란 담뱃대 물고 무명옷 입던 할아버지가, 천지가 개벽하여 양복 입고 비행기 타고 성지순례 떠나는 느낌이었다.

아버지는 들에 나가서 돌아오는 길에 꽃이 보이면 꺾어와 성모님 앞에 꽂아 두고, 밤에 기도하다가 피곤해서 다리를 뻗고 싶으면, 예수님 앞에서 버릇없어 보인다며 이불로 다리를 가리고 기도를 했다는데, 연령회라도 가입해서 성당에서 활동을 했으면 좋았을 것을, 주일미사만 다니니까 첫 마음은 많이 사라지셨다.

세례를 받고 나면 어느 단체라도 가입해서, 교우들과 함께 할 수 있어야 믿음도 자라고 유지가 되는 것 같다.

전화라도 자주 드리면서 지냈더라면 좋았을 것을 나의 굴레에 갇혀 살아버린 것이, 하늘나라로 떠나시고 나니까 너무나 후회스럽다.

팔꿈치가 아파 강둑길에서 쉬었다.

커다란 물고기가 헤엄치는 소리에 귀가 번쩍 띄었다.

저만치에 낚시꾼이 앉아있어서 어서 어서 도망치라고 작은 소리로 알려줬다. 물고기는 고맙다며 흙탕물 속으로 잽싸게 사라져간다.

그리움도 깊으면 아픔이 되는 걸까?

보고 싶은 할머니 _2018.04.16.

달빛을 따라 하얀 박이 주렁주렁 열린 초가지붕이 밤을 밝히던 내 어릴 적
시골 마을엔, 외할머니 얼굴이 다소곳이 앉아 있다.
지금 할머니들은 깔끔하게 화장을 한 세련된 얼굴이다.
지난주에 태평동성당을 갔다가 우연찮게 외할머니 얼굴을 보았다.
넓은 길에 차도 별로 다니지 않고 할머니들만 한가로이 앉아 있는 마을
은, 시계가 멈춰버린 듯 70년대 고향 마을에 온 것만 같았다.
아담한 주택 마당가에 물이 오른 나무들만이 기운을 더해가고 있었다.

두어 시간을 여기저기 기웃거리며 다니다 너무 좋아서, "이곳으로 이사 올
까?" 하고 요한에게 말을 했더니 화를 버럭 냈다.
주택은 춥고 집안일도 많은데 비현실적인 소리 한단다.
중학교 담벼락 옆에선 은은한 라일락꽃 향기가 발목을 잡았다.
성당도 단층으로 지어져서 엘리베이터를 타지 않아도 되고, 넓은 마당가엔

136

커다란 나무 아래 와상까지 놓여있었다.

신부님도 소탈하시고 자매님들도 친근하게 말을 걸어왔다.

바로 옆길로 나오니까 갑천과 같은 유등천도 흐르고 있었다.

깊고 파란 물색이 강물 내음까지 품어 내며 거침없이 흘러갔다.

유등천 바로 옆으로 뾰족이 싹이 올라온 아주 너른 밭도 있었다.

보리밭일까? 밀밭일까? 아 정말 가슴 설렌다.

얼떨결에 그리운 고향마을을 찾아온 기분이다.

이곳에서 살고 싶다. 그리움이란 향수도 몇 번 거듭 가다보면 한적하고 쓸쓸해서 싫어지겠지?

다 잊고 지냈는데 까마득한 그 옛날 외할머니 품 속은 그리움이다.

초등학교 다닐 때 할머니 집을 지나서 우리 집이 있었다.

난 항상 할머니 집을 먼저 들렀다.

갈 때마다 할머니는 번데기, 갱엿, 유과, 떡, 찰밥, 홍시, 곶감 같은 우리 집엔 없는 맛있는 걸 주셨다.

형편이 어려워지면서 먹을 걸 챙겨주질 못했더니, 그토록 찾아오던 할머니 집을 지나 바로 집으로 가더란다.

자고로 어른이나 아이나 곳간에서 인심도 나는가보다.

어느 가을날 집으로 오는 길에 똥구멍에서 뭔가가 달랑거려 너무 무서웠다. 겨우 할머니 집 대문 앞까지 가서 할머니를 부르며 엉엉 울었다. 회충이 반쯤 나오다 걸려있었다. 할머니도 놀라서 "오메 먼 일이당가?"하며 마당가에 감잎을 주워 빼줬다.

그땐 학교에서 회충약을 주고 몇 마리 나왔는지 세어오라 해서, 막대기로 똥을 휘저어가며 허연 실지렁이 같은 걸 헤아려가곤 했다.

지금 생각하면 대충 적어버릴 걸 엄마까지 나서서 같이 세고 있었다.

 남아선호 사상이 지배를 하던 그 시절에 할머니는 딸만 다섯을 낳았다.

온갖 푸닥거리는 다했지만 아들은 할머니 배 속에 없었다.

할아버지는 둘째 부인을 얻어 딸을 낳자 셋째 부인까지 얻었다.

그 와중에 인물도 좋고 말솜씨도 뛰어난 할아버지는, 동네에서 싸움이 나면 5분 안에 화해를 시켰다는데 노름도 좋아하셨단다.

제법 잘 살았다지만 그러느라 폭삭 망했었나보다.

언젠가 한 번은 할머니가 나를 데리고 노름방엘 쫓아갔다.

할머니가 온 줄 미리 알고 신발까지 숨겨 놓고 할아버지 없다고 했지만, 할머니는 발갛게 눈을 뒤집어 뜨고 어느 구석에 숨어 있던 할아버지를 찾아 버렸다.

그날 밤 둘이는 싸웠고, 할머니는 할아버지한테 한 대 얻어맞기 무섭게, 나를 들쳐 업고 우리 집으로 도망쳤다.

키도 작은 할머니가 작은 언덕을 넘어 어떻게 달렸을까?

할머니 등 뒤로 들리던 거친 숨소리는 비스듬히 드러누운 언덕길에서 구슬프고 애처로웠다.

할아버지는 서울로 이사 가서 셋째 부인이랑 살았다.

할머니는 막내 이모가 장사하는 곳에서 집안일이며 온갖 허드렛일을 도와주며 사시다 89세의 11월 1일, 모든 성인 대축일 날 노인정에서 점심 식사하고 나서 주무시다 돌아가셨다.

내가 시집가자마자 병에 걸려 죽게 생겼다고 하니까 할머니도 성당을 가셨다. 글자도 모르는 할머니는 나를 위해 얼마나 기도하셨을까?

할머니는 세례받기 전날 꿈속에서 가는 곳마다 뱀이 돌돌 말려서 죽어 있었다고 했다.

천국에서 아들 많이 낳고 잘 사시겠지?

용궁의 왕자 _2018.04.22.

어제는 30도를 넘어가는 낮 기온으로 일사병을 걱정할 만큼 뜨거웠다.

새벽부터 빗님이 내려줘서 다시 평년 기온을 되찾았다.

주일미사 드리고 갑천에 나왔다.

이른 봄꽃들의 화려한 향연은 끝이 났다.

싱그러운 풀색으로 어우러진 너른 들은 신록의 계절을 향하고 있다.

사춘기 소년처럼 솜털 보송한 얼굴로 산뜻하게 웃는다.

이름 모를 들풀들이 땅 밑에서 잠을 자다 깨어나 수줍은 얼굴로 인사를
한다.

"클라우디아님, 안녕하세요?"

"어머나, 반갑다. 추운 겨울 언 땅에서 어떻게 지냈니? 어서 일어나그래이."

강둑길을 따라 돌아오는 길은 참으로 기묘했다.

갑천에서 처음 보는 일이다.

많은 비가 내려서일까? 날이 흐려서일까?

아님 강 물살이 거세서일까?

아주 큰 물고기들이 강 늪지에서 열 마리도 넘게 보인다.

신령한 기운마저 느껴진다.

깊은 바다 속 용궁의 왕자님들이 모처럼 지상 나들이를 나오신 걸까?

꼬리는 누런 황금빛이고 팔뚝 길이 만한 게, 움직이는 소리는 아이들이 헤엄치고 다닐 때와 비슷한 소리를 낸다.

갑천의 강물은 쉼 없이 흐르고 날마다 물살과 색을 달리한다.

수많은 생명들을 잉태하고 때론 잔잔히 때론 거칠게 흘러간다.

강물 속에서 또 다른 강물이 흘러가는 혼돈 속에서 물고기가 저토록 크기까지, 얼마나 많은 격랑의 시간들을 이겨냈을까?

큰 물고기들은 언제 어떻게 생을 마감하는지 궁금하다.

오늘따라 날도 잔뜩 흐린데 오리 한 마리가 강물 위에서 목을 놓아 울고 다닌다. 어쩌면 좋아.

한 마리는 어디로 가버렸을까? 하늘나라로 떠나가 버렸나?

저리 슬피 우는 걸 보니 얼마 못가 애간장이 녹아 죽을 것만 같다.

참새들은 무리 지어 다니니까 다른 친구들이 많이 있다.

오리들은 어디서나 두 마리씩 다닌다.

하나를 잃어버리면 그 다음은 어떻게 살까?

노년의 부부 모습이 눈앞에 아른거린다.

어느 자매님이 떠나 버린 형제님이 보고 싶어 많이도 울었다던데……

하늘이시여, 답은 주님만이 아시겠지요.

"울고 있지만 말고 다른 오리들 있는데 쫓아가 보그래이.

어디선가 너처럼 좋은 친구들이 기다리고 있을끼다.

주님 저 울음소리 들리십니까?

마땅한 친구 좀 찾아 주시이소."

안개 속 아이들 _2018.04.30.

아, 봄이란 이런 거구나.

하늘은 파랗고 땅은 푸르고 강바람은 시원해서 가슴까지 상쾌하다.

아름다운 봄이 삶의 환희에 취해 있다. 만물이 소생한다.

아니 젊은 날의 초상이 되살아나는 회춘의 시간이다.

얼마나 가슴 졸이며 지켜보아야 했던 남북 정상회담이었던가!

몇 달 전만 해도 미국과 북한은 핵단추가 어쩌고 하면서 으르렁거렸다.

화약고를 안고 있는 한반도는 불안을 감추지 못하고 세계인이 지켜봐야 했다.

산새들만이 듣고 있는 도보 다리에 앉아 남북정상이 나누는 둘만의 대화.

우리나라는 지금 어디를 향해 가고 있는가?

흉물스런 철조망 걷어 내고 남풍이 불면 남쪽으로, 북풍이 불면 북쪽으로 왕래하며, 같은 민족끼리 평화롭게 살았으면 좋겠다.

아이들도 키우다보면 협상 아닌 협상을 해야 할 때가 많다.

온갖 지혜를 동원해야 하고 인내심을 가져야 한다.

나는 주구장창 아픈 데다 논리적이고 체계적이질 못해서 잔소리하는 데도 요령이 없었다.

어떤 방식으로 설득력 있게 말해야 할지 몰라서 버럭 소리 지르고 급하면 욕부터 나왔다.

부모는 자식에게 적절히 개입해야 한다.

사랑이란 이름으로 지나치면 자율성을 상실하고, 자유롭게 키운다고 방임하면 무절제하게 된다.

부드럽지만 강하게, 단호하지만 따뜻하게 키워야 한다.

이 말을 막연히 알고는 있었지만 아이들에게 도움을 받고 사는 주제에 말발이 먹힐 리도 만무했다.

아이들은 엄마를 닮는 경향이 있나 보다.

하나같이 자기 감정 표현하는 데는 솔직하고 거칠었다.

셋째가 고등학교 때 말을 안 들어서, "저 개새끼" 했더니 "욕하지 말라고 씨발!" 하며 대들었다.

"그러는 너는 왜 욕하는데?" 하려다 과거사가 떠올라 입을 다물었다.

막내가 태어나고부터 내 병은 급격하게 악화되었다.

곧 죽을 것 같다고 소문이 나서 신부님이 오셔서 병자성사도 주셨다.

병자성사는 주로 죽기 직전에 받는 성사란 걸 나중에 알았다.

내가 아프다니까 신부님이 기도하러 오신 줄 알았다.

누군가 우리 집 쪽에 하늘만 쳐다봐도 한숨이 저절로 나온다고 했다.

위로 둘은 학교를 다녀야 하니까, 일곱 살인 셋째가 유치원을 못 다니고 나와 막내 둘을 돌봐야 했다.

정말로 수호천사처럼 편안하게 보살펴줬다.

다른 아이들보다 책임감도 강했다.

아침마다 음식물통을 들고 가는 셋째에게 경비아저씨가 우리 아파트에서 제일 성실하다고 칭찬했단다. 셋째가 아픈 날이면 서로 미루고 안 하겠다 해서 그 날 버려야 할 음식물로 시끄러웠다.

한 치 앞이 안 보이는 불안은 우리 가족들을 밤마다 기도하게 했다.

"엄마 빨리 낫게 해주시고, 아빠 몸살 안 나게 해 주세요."

세 아이들의 공통된 기도였다.

셋째는 "동생이 아빠 있을 때만 똥 싸게 해주세요."하고 기도했다.

내가 통증으로 더 힘들어 하는 날이면 셋째는 긴장한 모습이 역력했다.

엄마인 나랑 동생을 낮 시간 동안 아무 말 없이 잘 챙겼다.

동생이 움직일 때마다 위험한 건 없는지 곁에서 지켜보고 있었다.

삶은 밤을 까면 동생 입에 먼저 넣어주고 "맛있지?"하면서 즐겁게 먹을 때, 다정해보인 어린 아이들의 모습은 아픔 중에 위로였다.

수녀님들도 우리 집에 오실 때마다 성당 유치원에서 남은 반찬을 들고 오셨다. 어느 날은 가져올 게 마땅찮았다며 빵을 많이 사서 들고 오셨다. 난 어찌할 줄 몰라 머뭇거리고 있었다.

일곱 살인 셋째는 얼른 달려가 "이런 것은 안 가져 오셔도 되는데요." 하면서 받았다.

그 모습이 예뻐서 수녀님들이 "그럼 형구 너는 먹지 마." 하고 장난을 치면, 코부터 쌩긋 웃는 얼굴은 간이 녹아 내리게 예뻤다.

초등학교 다닐 때도 셋째는 우리 둘 점심을 주기 위해 로봇처럼 제시간에 집으로 왔다.

깜박 잊고 놀아본 적이 없었다.

성당에서는 미사 드릴 때 신부님을 도와주는 복사 아이들이 두 명 있다.

그 때 우리 성당에서 복사가 되려면 새벽마다 있는 미사를 한 달간 다녀야 했다.

셋째는 두 번을 불러보지 않았다.

한 번 부르면 바로 일어나 새벽미사를 갔다.

어른도 저렇게 일어나기가 힘들 것이다.

아이들이 아빠를 따라 시장엘 가면 얼떨결에 따라 나섰다가, 엄마가 걱정되어 셋째는 저만치서 다시 돌아왔다.

내가 없어도 되겠느냐며 동그란 눈을 치켜 뜨고 가쁜 숨을 몰아쉬었다.

주황색 저녁노을 아래 근심 가득한 얼굴이 지금도 눈에 선하다.

아마도 5학년 여름이었으리라.

어린 효자에게 서서히 사춘기 바람이 불어오고 있었다.

목소리가 변하면서 말수가 적어지고, 때로는 아무 일도 아닌데 불쑥 화를 내는가 하면 일하기도 싫어했다.

세탁기가 돌아가면 "저 빨래는 누가 널지?" 하며 한숨을 쉬었다.

누가 부르면 조금 전에 불렀으면서 왜 또 부르느냐고 투덜거렸다.

간간이 옛날로 돌아가 친근하게 다가 설 때도 있었지만 날이 갈수록 효자
아들은 사라져 갔고, 목소리 갈라진 키 크고 우락부락한 낯선 아이가 되어
나타났다.

한창 뛰고 놀아야 할 어린 나이에 엄마와 동생의 보호자가 되어 살다가,
너무나 긴장을 하고 살아버렸음을 나중에야 알게 되었다.

아무도 셋째를 살필 여력이 없었고 착한 아이라고만 생각했었다.

어느 날인가 내가 쉽게 내뱉는 말로 사람도 아니라고 했다가 혼쭐이 났다.

"아들한테 사람이 아니라고 하면 그럼 내가 벌레에요?" 하면서 대들었다.

갑자기 기습을 받은 나는 꼬리를 살 내렸다.

"조금 못된 것 같아서 하는 말인데, 항상 쓰는 말을 가지고 새삼스럽게 왜
그래?" 어이없지만 조심스럽게 말을 했다.

난 너무 무방비 상태였기에 이놈이 거기서 그냥 끝날 줄 알았다.

그럼 좋게 못됐다고 할 것이지 그렇게 심하게 사람도 아니라고 하면 되느냐
고 되받아쳤다.

난 당황스러웠지만 평소에 하던 대로 "아니 이 새끼가 국산 말도 못 알아먹
느냐" 했더니 그 길로 집을 나가버렸다.

수소문 끝에 늦은 밤 친구 집에 가서 찾아왔다.

그토록 철썩 같이 믿었던 셋째는 이미 나를 떠나 있었다.

어린 효자에게 사춘기 바람이 무섭게 불어왔던 것이다.

그런 줄도 모르고 어느 날 셋째 방을 들여다보다가 나는 또 일을 저질러버렸다.

방구석이 온통 어질러져 정리가 되어 있질 않았다.

내가 셋째가 변했음을 정확하게 알아차렸더라면 조심을 했을 것이다.

옷을 입었으면 끝까지 입고 빨던가, 아니면 정리해서 집어넣어야지 그렇게 흩어 놓았느냐고 했더니, 불같이 화를 내면서 왜 옷 입는 것까지 간섭하느냐고 눈을 부라렸다.

간섭이 아니라 정리가 안 되어 있어서, 내가 말을 끝내지도 않았는데 이놈이 간섭하지 말라면서 소리를 질렀다.

어이가 없어진 나는 불난 집에 기름을 부어버렸다.

"저 썩을 놈 새끼는 입만 열면 소리를 지르네." 했더니 왜 또 욕을 하느냐며 소리를 질렀다. 둘째가 나타나서 내가 봐도 심하게 어지럽혀져 있었다고 엄마 편을 들었다.

셋째는 완전히 폭발해버렸다.

누나는 모르면 가만히 있으란다.

집에만 들어오면 일하라 하고

일하고 나면 공부하라 하고

왜 살아야 하는지 모르겠다고

148

내가 엄마 때문에 죽고 싶은 적이 한두 번인 줄 아느냐고.

새빨간 얼굴로 둑이 터져 버린 듯 소리를 지르면서 꺼이꺼이 울었다.

아, 하늘이시여!

하늘도 울고 땅도 울고 나도 울었다.

너무나도 쉽게 받았던 헤아릴 수 없이 수많은 날들의 보살핌은 당연한 것인 줄만 알았다.

어린아이에게 엄청난 희생을 요구했음을 왜 한번도 헤아려보지 못했을까?

힘들어도 아무런 내색도 할 수 없었던 어린아이의 심정이 얼마나 고단했으면, 저렇게 죽고 싶었다는 표현을 할 수 있단 말인가!

나밖에 모르는 나는 이 아이가 천성이 착하게 태어나서, 천사처럼 도와주겠거니 하고 너무 쉽게 생각했었다.

병든 엄마의 보호자로 살다가 더 이상 자기감정을 통제할 수 없는 상태가 되어 버린 것이다.

학교에서 집에 오면 무조건 잠자고 나가서 한밤중에 들어왔다.

집 바로 옆에 구덕운동장 축구장을 밤마다 40바퀴도 넘게 달렸고, 또래 친구들과 여기저기 소리 지르며 뛰어다녔단다.

고통 중에 위로였던 어린 효자 아들은 감당할 수 없는 희생을 감수해야 했다.

다행히도 가슴에 맺힌 응어리가 어느 정도 가셨음인지?

돌풍처럼 불어버린 사춘기 바람은 거의 2년 만에 정상으로 돌아왔다.

생각할수록 셋째에게 미안하고 고맙고 가슴 아프다.

안개 속이었을까? 미로였을까?

맛있는 것이 쌓여 있고 편안하게 해 주면 아이들은 노래 부르며 즐거워한다. 집에 들어와서 보면 일은 많고 먹을 것도 없으면 악동으로 변해서 볼수록 가관이다.

낮에 세 아이들이 모두 집에 있으면 순번을 정해서 집안일을 처리했다.

차례대로 일을 시키다 기억이 착오를 일으켜 아까 부른 놈을 다시 부르면, 뛰어와서 허리에 손을 얹고, 조금 전에 시켰으면서 왜 또 나를 시키느냐고 따지고 들면, 아무 소리 못하고 다음 타자 오라했다.

요한은 참으로 이상했다. 지금도 그렇다.

나에겐 그토록 잔소리를 잘하면서 이상하게 애들은 야단을 치지 않았다.

참으로 알 수 없는 일이었다.

부모 교육으로 배운 이론과 현실 사이의 괴리 때문인지, 태생이 그리 생긴 건지, 내가 아파있어 안쓰러워 그런 건지 알 수가 없었다.

성질 급한 내가 보다 못해 악역을 맡아 대신 화를 냈다.

일도 퇴근하고 와서 혼자 다 했다.

큰 놈이 초등학교 들어가서 첫 시험 보던 날

'내 방은 누가 정리해야 할까요?' 해서 아빠라고 찍었다가 틀렸다.

골목 끝에서부터 달려와 이게 왜 틀렸느냐고 엉엉 울었다.

자기 방은 자기 스스로 치우는 게 정답이잖아.

내가 맨날 정리하라 하지 않았느냐 했더니, 그럼 왜 아빠가 치웠느냐고,

아빠 일인데 자기더러 치우라 한 줄 알았단다.

무질서한 우리 집은 큰 놈이 사춘기가 시작되면서부터 달라져갔다.

이놈이 대문에 들어서자마자 낮고 강한 톤으로, '안 치우나?' 하고 한마디하면, 동생들이 군기가 바짝 든 이등병처럼 정리하느라 열심히 뛰어다녔다.

참으로 알 수 없었다.

내가 아무리 말을 해도 끄떡도 않는다고 하면, 그대로 드러누워서 입으로만 "끄떡" 하면서 일어나지도 않았는데 헤아려볼 길이 없었다.

어느 날도 열심히 청소하고 있는 아이들을 보다가 너무 궁금해서, 내 옆을 지나가는 셋째에게 물었다.

형아는 말을 해서 안 들으면 자기 방으로 데리고 가서 발로 차버린단다. 그러면 아무도 아프다며 우는 사람도 없지 않았느냐고 했더니, 울면 더 세게 발로 차 버린다고 했다.

아 그랬었구나!

독재자의 칼날 앞에 군도 검찰도 무릎 꿇는다 하여 분개하던 때가 생각났지만, 그건 남의 이야기가 아닌가?

답답한 엄마 아빠를 보다 못해 큰놈이 총대를 매버린 것이다.

갈수록 큰놈은 동생들의 대장을 넘어 우리 집의 왕초가 되어 갔다.

요한도 빨래를 접으면서 큰놈 옷만 힘을 줘서 구김살 없이 반듯하게 접었다. 나도 아프다고 징징거리다 큰놈이 보이면, 목구멍까지 기어 나오려는 앓는 소리를 꾹 눌러 참았다.

이놈 그림자가 보이면 모두들 긴장했고, 그 증상은 목소리부터 상냥해지고 몸이 가벼워지면서 얼굴 표정은 순해졌다.

어느 날 나는 왕초란 힘으로 제압해서만 되는 것이 아니란 걸 알았다.

대학 들어가서 남동생들이랑 셋이 밥을 먹을 때, 큰놈은 눈을 치켜세우고 목소리 깔면서 작은 소리로 일장연설을 했다.

난 멀찌감치 떨어져 거실에 앉아있었다.

"왜 부모님이 너희들에게 공부 열심히 하라고 하는 줄 아나?

내가 알바를 해보니까 식당가서 일을 하면 일도 힘들고 돈도 적게 주면서 잔소리도 많이 한다. 얼마나 힘든 줄 알겠나?

내가 알바 하러 갔다가 몇 시간하고 나와 버렸다.

그런데 과외를 하면 간섭도 안 받고 힘들지도 않은데 돈도 많이 받는다.

내가 지금 무슨 말을 하고 있는지 알아들었나?"

하면서 동생들을 노려봤다.

막내가 "큰형아, 나는 잘 알고 있어. 공부를 열심히 하면 다음에 편하게 산다는 뜻이지?" 하면서 눈동자를 반짝였고, 셋째는 웃고만 있었다.

이놈에겐 공부보다 일하는 것이 수월해서 공감이 안 가는 것 같았다.

아이들 모두 장성하여 이젠 성인이 되었다.

다들 각자 살고 있으니까 왕초랑 엮일 일도 없고 먹히는 단계도 넘어갔다.

온갖 추억을 남기고 우리 집 역사의 한 페이지를 장식했다.

살아있음에 놀라움 __2018.05.02.

해님이 면사포를 드리운 신부처럼 양떼구름 사이로 살포시 숨었다.

언덕을 따라 흐드러지게 자란 개망초가 여린 듯 수줍은 자태를 뽐낸다.

연초록 색이 사랑스러워 저 빛과 함께 이 날을 춤추고 싶다.

선선한 날이 좋아 엑스포 다리 너머에 있는 수목원까지 가 보았다.

다양한 나무들이 있는 숲 속의 정원은 푸르름에 취해 탄성이 저절로 나온다. 자갈 깔린 길은 들어갈 수 없어 돌아 나왔다.

도로 건너 반대편엔 다채로운 색상의 장미정원도 있다.

많은 사람들이 산책을 나와 여러 갈래로 퍼져 있는 오솔길을 여유롭게 거닐고 있다.

가는 곳마다 나무 냄새 꽃 향기가 향을 달리하며 맞아 준다.

오늘 미사 시간에 신부님은 '사랑을 위해서 하는 노력에는 가치가 있다.'라는 주제로 강론을 했다.

하느님을 향한 사랑으로 사제가 되어 일생을 살다 죽으면, 인간적 약점으로 잘못을 저지르고 살았더라도 천국에 가지 않겠느냐며 웃었다.

인간적인 약점이란 말에 공감이 간다.

천국을 떠올리다 갑자기 8년 전 부활성야미사 때가 생각이 났다.

부산에서 이사를 왔는데 성당에 엘리베이터가 없었다.

주일미사라도 보려면 요한이 수동휠체어로 계단 옆길을 밀고 올라가야 했다. 그 좁고 가파른 길은 얼마나 위험했는지 모른다.

비라도 내리는 날이면 휠체어 바퀴가 헛돌다 미끄러지길 반복했다.

나를 태운 휠체어와 함께 요한도 미끄러져 내려가곤 했다.

부활성야미사가 있던 그날 밤도 간신히 밀고 올라왔는데, 성당 입구에 플래카드가 줄줄이 놓여서 복잡했다.

요한이 그것들을 피하려고 휠체어를 약간 옆으로 꺾는 순간

휠체어 앞바퀴 한쪽이 계단으로 빠지면서 균형을 잃어버렸다.

휠체어와 나는 따로 계단을 굴러버렸다.

의식을 잃어버려서 계단을 구른 기억은 없지만 얼마나 충격이 컸던지, 지금도 그 옆을 지나갈 때면 몸이 굳어온다.

의식이 돌아와서 보니까 나는 성당 입구에 앉아있었고 요한은 초죽음이 된 얼굴로 내 옆에 있었다.

왼쪽 다리가 류마티스 통증이 극심할 때처럼 아팠다.

교우들이 구급차로 병원에 가라 했지만 괜찮다며 그냥 미사를 드렸다.

집에 와서 덜컹거린 다리를 동여매고 드러누웠다.

너무나 막막해서 이러고 저럴 마음이 없었다.

이대로 소리 없이 모든 것이 끝나주면 얼마나 좋을까!

요한과 친정 엄마는 이렇게 있으면 안 된다고 눈만 뜨면 야단을 쳤다.

성화에 못 이겨 4일 만에 을지대병원을 갔다.

왼쪽 무릎 밑으로 큰 뼈와 작은 뼈가 난해하게 부러졌고, 빈혈이 심해 수술이 불가능한 상태였다.

병원 측에선 수혈을 하면서 수술을 해볼 생각도 했지만, 마취에서 깨어날 확률이 희박해서 모험을 할 수 없었던 것 같다.

응급실에서 대충 큰 뼈만 틀어 맞췄다.

무릎이 변형된 상태라서 다리를 뒤틀며 뼈를 맞출 때 얼마나 아프던지, 진통제를 맞았지만 소용없었다.

병실이 부족해서 산부인과 병동에서 하룻밤을 지새우고 정형외과 병실로 왔는데, 이곳은 도떼기시장을 방불케 했다.

소란 그 자체였다.

이틀 동안 다양하게 많은 검사를 했지만 엄마가 가서 말을 해도 주치의는 아까 봤다며 끝내 나에게 나타나지 않았다.

밤중에 요한이 퇴근하고 와서 이것저것 몸 상태를 물어야 했다.

저 주치의는 왜 나에게 오지 않았을까?

죽어 가는 환자는 대면하고 싶지 않아서였을까?

수많은 의구심을 지울 수 없었다.

병원에서 할 일은 없어 보였다.

퇴원해도 좋다는 허락을 받고 한밤중에 구급차에 실려 집으로 운반되었다.

치료받으면서 병원에 있을 줄만 알았는데 집으로 오니까, 엄마는 곧 죽을 사람을 보듯이 알 수 없는 말로 흐느꼈다.

큰아들은 서울에서 내려왔다 오후에 갔고, 두 아들은 멍한 낯빛을 하고 어찌 할 줄 몰라 바라만 보고 있었다.

딸이 따뜻한 물주머니를 안겨 주며 온몸을 여기저기 주물러 줬다.

너무 지쳐서 누구를 살필 여력이 없었는데, 새벽녘에 악몽을 꾸면서 잠깐 잠이 들었다 깨어 보니까, 딸은 그때까지 자지 않고 나를 살펴가며 주무르고 있었다.

난 건강할 때도 우리 엄마한테 저렇게 하질 못했다.

보통 사람들은 3개월 쯤 되면 뼈가 붙는데 7개월이 지나도 붙질 않았다.

무지막지한 고통은 수시로 오열하게 했다.

몸을 그나마도 움직일 수 없는 부자유, 심각한 빈혈이 불러 온 불면증, 더욱 많아진 집안일과 모두들 지쳐서 나에게 퍼부어대는 짜증, 뼈가 붙기는커녕 한기와 함께 밀려오는 통증, 죽음의 공포……

왜 그런지 여러 차례 고비를 넘기기만 하고 죽어버리질 않았다.

주어진 현실에서 마음을 다스리려고 침대에서 성경책만 읽었다.

삶이 끝나갈 무렵이 되면 마음은 정화기를 맞이하는 걸까?

진정으로 사랑을 실천하고 적선하는 토비트의 순수함이 보였다.

잊고 살았는데 부산에 있을 때 남의 집 일을 하며 평생을 고아로 사는 자매님이 떠올랐다.

남자도 잘못 만나 모아둔 재산도 뺏기고 대학생 딸과 살고 있었다.

어느 자선단체가 운영하는 기관에서 기거를 했는데, 기간이 다 되어 그곳에서도 나와야 한다고 했다.

마침 해운대에 있는 집이 팔려서 방세라도 보태라고 돈을 보냈다.

그땐 몰랐다. 지금 와서 돌아보니까 난 자매님을 도와주었고 주님께선 나를 도와주셨을까?

시간이 지나도 뼈가 붙질 않으니까 부러진 자리 골수로 염증이 퍼졌다.

퉁퉁 부은 다리에 열이 나면서 한기가 들면 온 몸이 사시나무 떨 듯이 떨려왔다.

병원에선 이럴 때 항생제를 투여하겠지만 난 약을 먹을 수 없었다.

뼛속이 아린 통증은 극심한 류마티스 통증보다 더욱 힘들었다.

어느 신부님 어머니는 걸어는 다니셨는데 류마티스로 고생하시다,

60세에 골절이 되었고 결국 뼈가 붙질 않아 돌아가셨다.

대부분의 류마티스 환자는 골다공증이 있어서 뼈가 붙기 힘들다는 걸 나중에 알게 되었다.

병문안을 왔던 어느 할머니 눈빛을 잊을 수 없다. 내 몸에서 나는 열기가 방안 가득했고 '저거 이제 끝났구나.'하는 눈길로 바라보았다.

그 무렵 우리 동네에서 잠깐 살았던 율리안나 자매님이 병문안을 왔다.

몽골에선 유목민들이 뼈가 부러질 때 민간요법으로 낙타기름을 쓴다면서,

냉동실에 조금 남아있던 낙타기름을 가져왔다.

다행히 4개월이 지나면서 반 깁스를 하고 있었기에 바를 수 있었다.

바르자마자 통증이 멈추고 부기도 가라앉았다.

진통효과가 몇 시간만 지속되어 조석으로 발라야 했다.

낙타기름은 턱없이 부족했다.

자매님이 아는 몽골에서 선교하시는 신부님께 낙타기름을 보내달라고 메일로 부탁을 드렸다.

공항 가서 한국인을 만나면 보냈다는데 두 사람은 가져오지 않았다.

세 번째 공항을 나가서 만난 사람은 신부님이 아는 스님의 지인이었고,

그분에게서 어렵사리 낙타기름을 받게 되었다.

얼굴도 모르는 나를 위해서 몽골의 신부님은 수고를 많이 하셨다.

낙타기름을 바르고 3개월 후에 뼈가 붙었는지 통증이 사라졌다.

다리를 흔들어 봐도 통증이 없었다. 10개월 만에 뼈가 붙었다.

큰 뼈만 대충 맞춰 놓았기 때문에 작은 뼈는 지금도 부러진 채로 때때로 살을 찌른다.

내가 굴러버린 이후에 성당에선 엘리베이터를 설치했다.

지하에서 자주 물이 새어 나와 공사가 지연되어 2년 만에 완공되었다.

처음으로 엘리베이터를 타고 2층에 있는 성당에 갔던 날

그 찬란한 날은 영원히 잊을 수 없을 것이다.

낯선 신부님이 함께 미사를 보셨고 보기 드물게 해맑은 얼굴이었다.

그런데 이게 어찌 된 일까?

몽골에서 낙타기름을 보내준 살레시오회 소속이신 이호열 신부님이셨다.

어쩌다 한 번씩 한국에 나오는데 어젯밤에 도착해서, 우리성당에서 미사를 드리고 싶어서 찾아왔다고 했다.

낙타기름이 아니었으면 헤어날 수 없는 수렁을 헤매었는데, 나는 독특한 방식으로 다시 살아났다.

엘리베이터가 완공되어 처음으로 미사를 드리러 나온 날

낙타기름을 몽골에서 보내주신 신부님께서 그곳에서 여기까지 와서 함께 미사를 드리고 있다?

이걸 어떻게 우연이라 이름 지을 수 있을까?

아무리 생각에 생각을 거듭해 봐도 이걸 우연이라 할 순 없었다.

하느님의 현존 앞에 온몸으로 소름이 돋았다.

그렇잖아도 다시 살아나 성당에 나올 수 있음에 감회가 새로웠는데, 흐르는 눈물을 주체할 수 없었다.

그날따라 미사 시간에 신부님은 평소에 사용하지 않던 문장

'보잘것없는 이를 통해 자신을 드러내시는 하느님'

이란 표현을 세 번이나 하셨다.

미사를 드리는 동안 울음을 멈추려고 노력하면 할수록 더욱 힘들었다.

그토록 찾던 하느님은 나의 모든 것 안에서 나와 함께 계셨다.

아 하느님, 나의 하느님,

침묵의 그림자에 누운 무형의 형상만이 주님이신 줄 알았습니다.

이토록 제 가까이에서 지켜보고 계셨습니까?

정말 그랬습니까?

동네 한가운데에서 네 마리 까마귀가 저주스럽게 울어대던 날, 내 통곡의 의미가 무엇이냐고 물어야 했던 그날의 눈물도 기억하십니까?

셋째 넷째가 홍역에 걸려 기침하고 열꽃이 피어 사경을 헤매일 때, 저 아이들 좀 살려 달라며 애원했던 저의 간절한 기도도 들으셨습니까?

내가 심하게 아플 때마다 달려오신 엄마를 보며 느껴야 했던, 불효자의 상처도 기억하십니까?

철마다 돌아온 입학식, 졸업식, 학예회, 운동회 날, 네 아이들은 환한 웃음 대신 창가에 서서, 멍한 표정으로 맑은 바람만 바라보고 있던 그 날의 아이들 눈빛도 기억하십니까?

그럴 때마다 말없이 훔쳐 보아야 했던 저의 부족함도 기억하십니까?

통증으로 잠이 들지 못하고 사경을 헤매던 날, 옆에서 기도하고 있는 요한에게 '미안합니다. 고맙습니다.'라는 말을 하고 주님 곁으로 가고 싶은데, 말을 할 수 없어 가쁜 숨만 몰아쉬어야 했던 그날의 메마름도 기억하십니까?

아, 그러나 하늘이시여!

잠깐의 자유는 사라져가고, 삶은 다시 나를 시험했다.

두 달을 채우지 못하고 무너져 버렸다.

내 약값은 매달 백만 원이 넘게 들어갔고 4년째 먹고 있었다.

큰아들은 서울에서 대학을 다니고, 둘째는 사립대 음악교육과를 다니고 있어서 겨우 버티고 있었는데, 셋째가 대학에 들어가면서 대학생이 세 명이 되었다.

이젠 더 이상 생활을 지탱해 나갈 수가 없었다.

근근이 연명하자고 그 많은 약값을 감당할 수 없어서 끊어야 했다.

먹던 약을 끊고 보름쯤 지났을까?

어김없이 신열, 통증, 불면증은 다시 찾아왔다.

잠이 들지 않고 이어지는 통증은 처참한 고문이다.

죽음이 쇠고랑 소리를 내면서 나와 함께 드러누웠다.

하느님은 어느 때만 오시는 걸까?

그토록 좋았고 가까이에서 함께 하셨던 주님은 목숨만 건져놓고, 바람처럼 왔다가 바람처럼 사라져 버리셨다.

애절하게 찾아도 목 놓아 불러 봐도 그 어디에서도 흔적조차 없었다.

나의 모든 것이었던 주님은 아무것도 아니었다.

어릿광대의 서글픈 짝사랑

나는 또다시 이 황량한 사막에 홀로 남았다.

아, 하늘이시여!

천상과 지상의 삶이 공존하는 영원한 생명.

그 길을 몰랐더라면 아마도 극단적인 선택을 했을 것이다.

반복되는 극한의 고통은 영혼도 갈기갈기 찢어버렸다.

악랄한 죽음의 그림자와 동행하길 8개월쯤 지났을까?

독을 제거하고 엄나무기름 만드는 곳을 막내이모부를 통해 알게 되었다.

엄나무가 류마티스에 좋다 해서 아버지가 선산을 뒤져서 엄나무뿌리째 캐서 세 번을 보내 왔지만, 고생해서 만든 약이 어찌된 일인지 먹을 때마다 기침이 심하게 나와서 먹을 수가 없었다.

큰 나무를 잘게 쪼개 황토 흙을 바른 항아리에 넣고, 삼사일을 밤낮으로 왕겨를 넣고 태우는데, 엄나무가 타는 동안 독소가 나와서 그랬다고 한다.

독을 제거한 엄나무기름을 먹으니까 기침이 나오질 않았다.

몸에서 열도 내리고 잠이 돌아오는 좋은 반응이 나타났다.

다시 살아나 성당도 가고 갑천에도 나갈 수 있었다.

숨을 쉬고 살아있는 하루하루 날들은 새로웠다.

목숨을 연명하며 살아간다는 것이 나에겐 참으로 어려운 일이다.

생명은 하늘의 자비하신 사랑의 신비이다.

소중한 생명은 함부로 할 수 없고 다룰 수 없는 하느님의 영역이다.

갑천으로 나오면 작은 생명들의 숨소리도 내 귀엔 선명하게 들려왔다.

개미 메뚜기 굼벵이 여치 귀뚜라미 사마귀 배추벌레 무당벌레...

기어 나닌 벌레가 휠체어로 달리다 미처 피하지 못해서 바퀴에 깔려버리면, 나도 모르게 큰소리로 말하고 있었다.

'어머나 미안해, 조심했어야 했는데……'

엄나무기름을 3년 정도 먹었을까?

약을 만든 곳에서 다급한 목소리로 전화가 왔다.

오래 먹다보면 독성이 남아있어 시력을 잃어버린 사람들이 있다면서 그만 먹으라고 했다.

아마도 누군가 장복을 하다 시력을 잃어버렸던 것 같았다.

엄나무기름을 먹다가 끊으니까 다시 힘들어졌다.

온몸의 관절뿐만 아니라 가슴 통증까지 올라와 간간이 숨이 멈춰 버렸다.

류마티스가 오래 되면 폐와 심장 같은 다른 장기로 전이가 된다고 한다. 숨이 멈추길 반복하는 그 상황들을 어떻게 이겨내고 지금을 살고 있는지 잘 모르겠다. 정말 모르겠다.

나에게 주어진 모든 것들이 나의 의지와 무관하게 돌아갔다.

주님의 손에 이끌려서 살아가고 있음을 새삼 느낀다.

살아 보려고 집착하면 할수록 불안은 엄습해 왔고 망가져 버린 내 몸 상태는 선명하게 보였다.

'언제는 내 힘으로 살았더냐. 주님께서 알아서 하시겠지.'

모든 걸 내려놓고 맡기고 놓아버리면 오히려 편안해졌다.

지금까지 내 힘으로 살고 있지 않음을 학습을 통해서 너무나 잘 안다.

총알이 빗발치는 전쟁터에 무신론자는 없다는 말이 있다.

묵주 들고 기도한다. 내가 할 수 있는 최선의 방법이다.

하지만 나에겐 치명적인 결함이 있다.

환희의 신비부터 영광의 신비까지 한단 한단을 바칠 때마다, 그 신비를 묵상하라는데 그건 아주 가뭄에 콩 나듯이 한다.

묵주만 들면 다른 생각을 하면서 입으로만 바친다.

생각할수록 나는 성수통에 빠진 청개구리 같아서 슬프다.

어느 수사님이 환시 중에 자기가 살아 온 날들의 발자국을 보게 되었단다.

평소엔 주님과 함께 나란히 걷는 발자국 네 개가 보였는데, 정말 힘들었을 땐 한 사람 발자국만 있더란다.

"주님, 그렇게 힘들 때 제 곁에 계시지 않고 어디 가셨습니까?"

부드럽게 들리는 주님의 음성.

"그 땐 내가 너를 업고 걸었노라, 그 발자국은 나의 발자국이니라."

총성 없는 전쟁터 __2018.05.09.

뒷산 허리에 아카시아 꽃이 흐드러지게 피었다. 천혜의 향이다.
'향긋한 꽃 냄새가 실바람 타고 솔솔.'
온 동네가 아카시아 향에 취해 가는 곳마다 반겨준다.
며칠 동안 궂은 날씨는 창조주 하느님께서 봄맞이 대청소를 하셨음일까?
완벽하게 깨끗하다.
맑고 푸른 날이 주는 행복은 색다른 눈물이다.
이런 날이면 왜 눈물이 나는 걸까?
멀리 있는 산도 바로 앞으로 다가서 있고 높은 하늘도 산 위로 내려앉았다.
시야로 들어온 자연이 제각각 본연의 색을 찾았다.

어제는 5월 8일 어버이날이었다.
막내가 카네이션을 카톡으로 보내와 '이거라도 받아' 해서 웃었다.
큰아들과 둘째딸이 돈을 보내줬다.

뭔가 주면 좋고 안 줘도 내가 워낙 해 준 게 없으니까 그러려니 생각해야지 했지만, 난 나를 너무 모르고 있었나보다.

막상 받아 보니까 무시하려 해도 하루 종일 즐거웠다.

사랑도 받아봐야 줄 줄도 안다더니 엄마생각이 나서 전화했다.

전화를 받자마자 엄마는 박서방 같은 사람은 세상에 없으니까, 서울로 이사 갈 생각 말고 건강이나 잘 챙기라 하신다.

요한은 목동에서 선배가 하고 있는 심리상담소로 가야할지 고민 중이다.

집값이 비싸 서울 외곽으로 가야 하는데, 낮 시간 동안 나 혼자 있기 힘들어서 망설이고 있다.

큰아들이랑 딸도 여기서 한가하게 살라며 한사코 말린다.

"박서방은 너한테 예수님이랑께!"

수화기 너머로 엄마의 목소리가 다시 심각하게 들려온다.

내가 크게 웃었더니 헛듣지 말라며 더욱 열을 낸다.

"이건 내가 하는 말이 아니라 성모님 말씀이랑께. 니가 그 몸으로 더 아파 버리면 느그 집 꼬라지는 가관일 건께, 서울 갈 생각 말아라.

그동안 박서방은 짜잔한 너 데리고 애들 4명 수발하느라 너무 고생 많이 했다. 성당이랑 갑천 다니면서 쉬엄쉬엄 살아야 한다. 알아들었냐?"

요힌과 엄마는 항상 한 편이다.

나 때문에 둘이서 가장 많은 고통을 겪었다.

몇 마디 하다보면 둘이는 바로 통한다.

아무리 그렇더라도 아픈 놈이 가장 힘들겠지만 나 때문에 당한 거니까 할

말이 없다.

성당에서도 노쇠해지고 몸은 병들었는데 남편 먼저 떠나 보낸 할머니들이, 내 옆에 따라다니는 요한을 보며 무조건 고맙다고 하신다.

당해 보니까 나에게 요한이 얼마나 고마운 존재인지 보이는 거다.

나도 잘 안다. 그걸 모르면 바보지.

사노라면 마음처럼 되지 않을 때가 많다.

눈만 벌어지면 요한이랑 싸울 게 널려 있는 것 또한 현실이다.

꿈 이야기를 하다가도, 평소에 나를 어떻게 생각했기에 꿈에 그런 모습으로 나타나는 거야? 하면서 싸운다.

요한도 만만치 않다. 내가 대추씨라 별명 지어났다.

겉은 야들야들한데 속에 무언가 망치로 때려도 안 깨질 것 같은 단단한 덩어리가 들어있어, 안 싸우면 안 되는 재주를 지녔다.

그러는 나는 무능력한 빙충이 원시인이다. 비교불가다.

나랑 살 수 있는 남자는 거의 없다고 보면 된다.

다른 두 사람이 부부라는 이름으로 만나, 운명공동체가 되어 살아가기란 쉽지 않은 일인 것 같다.

요한과 나는 특별했고 우리 둘에게 쓸개가 남아 있다면, 그건 특제품이거나 아니면 불량품일 것이다.

언젠가 충치로 괴로워서 참다 못해 치과에 갔다.

내가 살던 동네 치과는 모두 엘리베이터가 없는 2층에 있었다.

길가는 사람에게 부탁해 요한과 둘이서 휠체어를 들고 올라갔다.

치과의사 선생님 얼굴에 눈동자는 파르르 떨렸고 한참 만에 내뱉듯이 하는 말,

"내과에 가서 치과치료를 받아도 좋다는 소견서를 받아오세요."

그날 치과치료를 받지 못하고 집으로 돌아와, 후라이팬 위에서 콩이 튀는 것 같은 치통을 겪어야했다.

그 이후론 치과에 가는 걸 포기했다.

병이 악화되면서 이유 없이 이는 수시로 아팠다.

어금니는 위로 솟아있는 것보다 더 길게 잇몸 속에 파묻혀 있었다.

찌르듯 아프기를 수도 없이 반복하다 흔들리며 빠져 나왔다.

나에게 치통이 밀려와 반백의 부스스한 머리칼로 볼을 붙들고 히스테릭한 신음소리를 낼 때면, 아이들은 독수리의 습격을 받은 새들처럼 멀리 도망쳐버렸다.

아니 이리의 습격을 받은 양떼들이 도망치는 것처럼 보였다.

치통이 밀려올 때마다 요한이 냉동실을 뒤져서 옥수수 대를 푹 삶아 주었고, 나는 따뜻한 상태에서 그 물을 머금고 있었다.

나 때문에 우리 집은 총성 없는 전쟁터였다.

약을 먹고는 있지만 약이 아닌 약

수시로 죽을 것 같다며 매번 초긴장 상태 유지

집에는 먹을 것도 시원찮고 끝 모르게 불어나는 허드렛일

약값으로 빨려 들어가 항상 없는 돈.

아이들도 많아서 가지 많은 나무에 바람 잘 날 없었다.

'내 집 안방에는 아내가 풍성한 포도나무 같고

내 밥상 둘레에는 아들들이 올리브나무 햇순들 같도다.'

미사 중에 때때로 나오는 시편의 화답송이다.

아내가 건강해서 집안을 잘 다스리면 얼마나 좋을까?

나처럼 집안일도 못하고 아프면 대부분의 남자들은, 다 낫거들랑 걸어서 돌아오라고 친정에 업어다 준다 한다.

그런데 다 낫거들랑 걸어서 거길 왜 가지?

갈 곳이 너무 많아 엎어다 준 남자에겐 가지 못할 것 같다.

지금까지 나와 함께 살아준 요한에게 정말로 고맙고 미안하다.

말에는 한계가 있다. 이런 표현으로는 부족하다.

엄마가 우리 집에 와서 하룻밤만 자고 나면 항상 하는 말이 있다.

"봉사님 마누라는 하늘이 점지한다더니, 박서방 같은 사람은 대한민국에는 없을 것이다."

내가 생각해도 그렇다.

누가 이토록 오랜 세월 함께 할 수 있겠는가?

언제부턴가 내가 통증이 밀려오면서 잠을 못자고 있으면, 요한이 머리와 가슴에 손을 얹고 기도했다.

죽을 수 있는 기회는 참으로 많았지만, 그 때마다 요한이 성령님을 애타게 부르며 "클라우디아 좀 살려 주십시오, 클라우디아에게 자비를 베풀어 주십시오. 샬라샬라샬라샬라." 하면서 간절히 기도했고, 나는 그 기도소리를 듣다가 잠이 들어주면서 다시 살아났던 것 같다.

어느 땐 날이 밝아오도록 잠이 들지 못하고 통증으로 시달려야 했고, 그 때까지 요한은 곁에서 기도를 했다.

지금도 때대로 아무런 예고도 없이 밤이면 그런 고비들이 다가온다.

요한은 보통사람들보다 성실하고 책임감이 강한 편이다.

심리학을 전공했고 교육도 많이 받아 마음을 다스리려 부단히도 노력한다.

하지만 천사가 아닌 한계 많은 인간이다.

어쩌면 인간에게서 천사를 기대하는 것은, 상처를 안고 사는 아주 나쁜 생각은 아닐까?

낙엽 구르는 소리가 유달리 스산하던 어느 늦가을이었다.

아이들 어릴 때 가슴 아프게 했던 수많은 사건들이 연달아 아른거렸다.

심란해진 마음을 애써 달래다가 삭여가며, 갑자기 요한은 그 무엇이 어떤 사건이 가장 기억 속에 남아있을까 궁금해졌다.

나는 아무 생각 없이 스쳐가는 말로 그냥 가볍게 물었다.

들려오는 대답은 충격이었다.

몸 안의 미세한 세포까지 울어야했다.

가슴 아픈 이야기는 기억 속에 아무것도 없지만, 때때로 너무 힘들 때면 내가 죽어 버렸으면 좋겠다고 생각했단다.

아, 묻지 말 것을!

돌부처가 미쳐서 개떡이 되어 버린 참담한 심정이었다.

한마디 툭 내뱉어 버리고 부엌에서 일하느라 열심이었다.

별의 별 생각을 다해가며 추슬러 보았으나 이 집에서 더 이상도 더 이하도 아닌 객이 되어버렸다.

내 발로 걸을 수 있었다면 아무도 없는 곳에서 통곡이라도 했으리라.

저 사람이 무슨 말을 한들 이젠 믿을 수 없을 것 같아서 더욱 괴로웠다.

앞으로 살아갈 날이 자신이 없었다.

근간이 흔들려버린 아픔은 돌이킬 수 없는 상처였다.

울고 있기도 난처하고 비참해서 울 수도 없었다.

따지고 보면 나도 얼마든지 그런 생각을 했을 수 있다.

아니 난 인내심이 부족해서 더 했을지도 모른다. 하지만 그 말을 직접 들었을 때의 비천한 심정은 뭐라 형언할 수 없었다.

감아 도는 회오리바람 속에서 몇 시간을 시달렸을까?

밥을 먹으라고 차려 놨는데 넘어갈 리가 만무했다.

이럴 땐 어찌해야 하는 걸까?

우리 집 식탁 위에는 환하게 웃고 있는 예수님 얼굴 사진이 걸려 있다.

그 눈을 바라보며 하소연했다.

'변화무쌍한 감정에 시달리며 살았어도, 요한과 나 사이에 마지막 끈은 남아있는 줄 알았습니다. 아니었나 봅니다.

예수님, 어찌하면 좋습니까?'

지금까지 그토록 침묵하신 주님이셨는데 그 때는 즉각 대답을 하셨다.

예수님 목소리가 이토록 크고 명확하게 들리긴 처음이었다.

'인간에게 마음 두지 마라. 약한 본성을 지닌 것이 인간이란다.

그것이 인간의 한계이니라.

온 마음을 다해 인간에게 의지하지 말라.'

내 마음 안에서 도저히 가시지 않을 것 같았던 몇 시간의 설움을, 얼음 녹듯 눈 녹듯 밀어내 버렸다.

보이지는 않지만 보이는 보호자이신 주님의 손길,

이토록 거친 삶 속에서, 지금껏 우리 가정이 유지되고 있음은 신앙의 신비가 아니면 답이 없다.

광주엔 전운이 _2018.05.18.

밤새 사뿐사뿐 빗님이 내려와 촉촉이 젖은 땅이 신록과 어우러져 싱그럽다.
나는 2년제 교대를 졸업하고 스물한 살 어린나이에 시골 초등학교 선생님
이 되었다. 초롱초롱한 아이들 눈동자는 교사로서의 사명감을 일깨워 주었
고, 불타는 열정으로 내 적성에도 맞았지만, 병에 걸려 휴직과 복직을 반복
하다 십년 만에 사표를 내야 했다.

오늘은 광주민주화운동이 일어난 지 38년째 되는 해이다.
첫 발령을 받아가 선생님이 된 지 두 달쯤 지났을 때였다. 주말이면 광주
집에 와서 월요일 새벽에 일반고속을 타고 시골학교를 갔다.
1980년 5월 18일 그날은 월요일이었다.
그 전날 광주엔 전운이 감돌고 있었다.
아랫방에서 자취하던 전남대생이 피를 흘리며 초죽음이 되어 들어왔다.
시골집에 갔다가 쌀자루를 지고 터미널에서 걸어오고 있었는데, 공수부대

원 몇 명이 다가와 대학생이라는 이유 하나로 사정없이 때려버렸단다. 우리 집은 전남대 후문 옆에 있었다.

독재 타도를 외치며 학생들이 데모를 해서 최루탄 가스를 수시로 마셔야 했다. 이 땅의 민주화는 그냥 쉽게 된 것이 아니다. 얼마나 많은 대학생들이 최루탄 가스 마셔가며 감옥소로 끌려갔는지 모른다.

피가 흐르는 아랫방 학생 얼굴을 닦아 주던 엄마가, 나더러 빨리 지금 시골로 가라 해서 바로 내려왔다.

그날 밤 자정부터 광주 외곽도로 왕래는 끊겨 버렸다.

월요일 새벽에 내려오려고 했던 선생님들은 나오질 못했다. 학교에선 하루만 비어도 괴로운데 선생님들이 돌아가며 수업을 대신했다.

여기저기서 무고한 시민들이 이유도 없이 당해 버렸다.

택시 기사님들부터 시작해서 분노한 광주 시민들이 모두 일어났다고 한다. 집 근처 살던 아저씨는 총소리가 요란해서 옥상에 올라갔다가, 날아오는 총알에 맞아 그 자리에서 즉사했다.

모든 언론과 통신 교통은 마비되고 봉쇄되고, 무정부상태가 십여 일 이상 갔던 걸로 기억한다. '화려한 휴가'란 영화를 보면 그 당시 상황이 어느 정도 묘사되어 있다.

모든 진실이 밝혀져서 왜곡된 역사가 바로 잡아지길 희망해 본다.

희생당하신 수많은 영령들의 안식과, 유가족들의 상처도 주님께서 치유해 주시길 기도한다.

무엇 때문에 그런 일이 일어났을까? 왜 그토록 많은 무고한 시민들이 이유도 없이 무참히 죽어야만 했을까?

부르고 싶은 이름 _2018.06.16.

6월 12일 싱가포르에서 세기의 만남인 미국과 북한의 정상회담이 열렸다.
역사적인 순간이었다.
서로의 셈법이 복잡한 난제들을 어떻게 풀어 나갈지 걱정이 앞선다.
한반도 평화의 열쇠는 누가 쥐고 있는가?
우리나라를 위해서 한국의 103위 순교 성인님들과 함께 기도한다.

신부님이 뭔가를 결정해야 할 때 확신이 서질 않으면, '주님이시라면 이럴
때 어떤 결정을 내리셨을까?' 반문해 보라 했다.
이태석 신부님이 수단에 가서 열악한 환경을 보며 그 질문을 하셨단다.
이곳에 성당을 먼저 지어야 하나? 학교를 먼저 지어야 하나?
문맹으로부터 탈출하는 것이 시급하다 판단되어 학교부터 지었다고 한다.
지도자들이 저 질문을 할 수 있다면, 꿈 같은 이야기지만 해법은 나올 것
도 같은데……

오늘도 갑천의 풀들이 언덕 위까지 모조리 잘려 나가고 있다.

기계 하나가 온갖 풀을 다 깎는 줄만 알고 있었다.

큰 풀 깎는 것, 작은 풀 깎는 것, 깎인 풀들 긁어 모으는 것, 잘게 부서진 풀들 빨아들이는 것, 나뭇가지 베는 것, 물속에 갈대랑 식물 깎는 것, 강바닥 고르게 긁은 것, 그 풀들 동그랗게 마는 것, 커다랗고 동그란 덩어리 뭉치 흰 비닐로 감는 것까지 다양하다.

드론으로 농약 뿌리는 걸 상상해 보았다.

요즘 갑천의 강물 위는 진풍경이다.

어미 오리가 새끼들을 어느 오리는 17마리까지 데리고 다녔다.

저리 많은 새들을 어찌 먹여 살릴까? 궁금해서 가만히 지켜보았다.

아기 오리들은 어미 뒤를 졸졸 따라다니며 열심히 먹이를 찾아 먹는다.

어미 오리는 먹잇감이 거의 없어졌다 싶으면 다른 곳으로 이동해 간다.

한 마리 낙오자도 없이 잘 챙겨먹는지 어미 오리는 멀찌감치 떨어져서 지켜보고 있다.

아기 오리들은 너무 잘 찾아 먹어서 걱정할 필요가 없다.

생명이 태어나면 주님께서 키워 주신다더니 정말 그런가 보다.

우리 십도 내 약값에 4명이나 낳아서 굶어 죽지나 않을지 걱정이었다.

나도 먹이는 것만 충실히 했다.

한참 클 땐 한 달에 40키로 쌀을 먹었던 걸로 기억한다. 어느 자매님이 자기네 일 년 먹을 쌀이라고 해서 많이 먹고 있음을 알았다.

엄마가 고추장을 해마다 큰 통으로 두 통씩 보내도 부족했다.

주로 비빔밥과 돼지고기 불고기 양념으로 사용했던 것 같다.

4명을 영어 수학 과외 시킬 생각하니까 앞이 캄캄했다.

어느 한 명만 시킬 수도 없고 도저히 감당할 여력이 없었다.

과외비 생각하고 기부 형식으로 여기저기 백만 원씩 냈다.

지금은 요한이 퇴직을 해서 할 수가 없다.

아이들은 주로 EBS 방송과 인터넷강의를 듣고 부족한 공부를 보충했다.

내가 했다는 기부는 정확하게 표현하면 적선이 아니다.

나를 대신해서 아이들 잘 살펴 주시라고 주님께 부탁을 드렸다.

엄마라는 위치는 건강해야 하고 지혜로워야 한다.

난 항상 생각과는 반대로 살아야 했다.

아, 엄마!

지구상에서 가장 위대한 이름 중에 하나가 엄마 아닐까?

엄마라는 이름 뒤에 젖어있는 애절한 그리움은 사랑이고, 그 단어만 떠올려도 입가에 미소가 번지는 엄마 냄새 나는 따뜻한 품속일 것이다.

마음은 간절했지만 관절이 아파서 아이들을 등에 업고 품에 안아본 적이 거의 없었던 것 같다.

살아가는 날에 비바람 없이 맑고 밝은 날만 이어진다면.

항상 즐겁게 웃을 일만 있다면.

우리들의 삶은 생명 속성의 부조화로 균형을 잃어버릴까?

막내가 태어나는 순간 아득히 들려오는 아기 울음소리는
우주가 열리는 장엄한 행진곡 같은 심연의 진동이었다.
세 명을 낳을 때까진 느껴보지 못한 울림이었다.
생명은 감히 누구도 범접할 수 없는 창조주이신 하느님의 영역이었다.

어린 아이들이 네 명이나 되고 막내가 태어나서 7개월이 되어갈 무렵, 나는
더 이상 아픈 몸을 버틸 수가 없었다.
내 역할도 못하면서 온 가족이 내 수발까지 들어야 하는 상황에서, 내가
없는 것이 오히려 가족들에게 도움이 될 것만 같았다.
어린 아이들을 보고 있으면 저 어린 것들이 엄마 없이 어떻게 이 험한 세상
을 살아갈 것인가?
참으로 막막하였지만 내 약값이면, 집안일 할 수 있는 비용이 충분히 될 수
수 있을 것 같아 끈질긴 생명의 줄을 놓아 버렸다.
오욕칠정에 묶여 흔들리던 희로애락은 멀어져 갔고 오장육부는 정지 신호
를 보냈다.
밥알을 씹으면 말라 버린 입안에 모래알이 구르는 것만 같았다.

남모르게 시간 싸움을 하고 있었던 어느 여름날이었다.
철없는 아이늘은 TV 앞에 앉아 어린이 프로를 보느라 조용했다.
내 귀에도 목놓아 우는 어린 아이의 울음소리가 들려왔다.
셋째가 "난 엄마 죽으면 방구쟁이 이모 집에 가서 살 거다." 하고, 다른
아이들은 말이 없었다.

'엄마가 죽어서 저토록 슬피 울었구나, 셋째도 나의 죽음을 준비하고 있구나.'하면서 그때까지도 별생각 없이 듣고 있었다.

여러 장면들이 지나가고 울고 있던 아이가 자라서 어른이 되었다.
잔잔한 목소리로 과거를 회상하며 친구에게 하는 말은 내 가슴 속에 비수처럼 날아와 꽂혔다.
엄마가 어릴 때 돌아가셔서 힘겨운 삶을 살아야 했고 견디기 힘든 상황들이 많았지만, 그 많은 어려움 중에서도 가장 힘들었던 것은, 다른 아이들이 엄마라고 부를 때 그 엄마라는 이름을 너무나 불러보고 싶어서, 아무도 없는 화장실에 들어가, "엄마, 엄마" 하고 부르면서 울었노라 했다.

마비되고 정지되었던 나의 모든 감각들은 완벽하게 깨어났다.
엄마의 역할은 먹이고 입히는 것만이 아니었다.
'아파 있어도 살아 있어야겠구나!'
생명의 끈을 다시 부여잡았지만 죽음보다 더한 삶이 기다리고 있었다.
아버지가 칠순을 지내고 나서, "너 먼저 가지 않고 지금까지 살아 줘서 고맙다" 며 울먹이면서 전화하셨다.
삶을 포기하는 것은 나의 영역이 아닌 것 같았다.
남에게 짐만 되는 하찮은 나의 삶에도 존재의 의미는 있었다.
내가 주체가 되어 살아가는 내 인생이지만 나의 소유는 아니었다.
삶의 여정.
그 안에는 나를 향한 사랑과 남을 위한 사랑, 그리고 신께 드리는 사랑이 공존하면서 존재의 의미가 부여되는 건 아닐까?

아이들이 사춘기를 구부능선 가까이 넘어갈 때 쯤 되면 난 괴로웠다.

사소한 것에서도 일이 풀리지 않으면, "이게 모두 엄마 때문이야."하면서 부르륵 대들었다.

한두 번도 아니고 계속 그런 소릴 들으니까 참을 수가 없었다.

어느 날 나도 소리를 지르면서 "내가 동네북이냐." 고 한바탕 했다.

옆에 있던 요한이 편은 들어 주지 못할망정 가만이나 있지, 고소한 코맹맹이 소리로 "동네북이라도 하고 있어서 다행이네." 하면서 또 불을 지폈다.

며칠 후에 큰 놈이 나를 대신해줬다.

무슨 말 끝에 아빠는 왜 그렇게 말귀를 못 알아듣느냐. 언어능력이 그렇게 떨어지니까 내가 아빠를 닮아서 언어성적이 안 나온 것 아니냐며 들쑤셨다.

그 소리를 듣던 날 밤 요한은 잠을 못자고 혼자서, 썩을 놈 새끼 하면서 부글부글 속을 끓이며 오밤중에 댄스를 치고 있었다.

나처럼 당할 때 바로 내질러버리지, 잘난 척 고상한 단어 찾다가 타이밍을 놓쳤을 것이다. 안 봐도 비디오다.

아무리 생각해 봐도 우리 집은 콩가루 집안이다.

누구나 죽음을 싫어한다.
그러나 죽음은 틀림없이 찾아온다.
아무도 그것을 피할 수 없다.
살아 있는 동안에 이미 죽어버린 사람이 있다.
정신의 세계에서 자신을 무로 만들고 있는,
자신의 일에 온 생명을 내던지는 사람이다.
육체의 죽음을 피할 수 없는 이상
살아 있는 동안에 한 번 죽어 볼 필요가 있지 않을까?
이 통증 속에서 아픔도 벗어날 수가 있다.

3

집으로
가는
여행

트라우마 ___2018.07.01.

장마 통에 흐린 하늘이지만 잠깐 비가 그쳐 주일미사 드리고 갑천에 나왔
다. 잘려 나간 잔디는 어느새 다시 자라 너른 들을 새 단장했다.
들판 가운데 느릅나무라는 팻말이 붙은 나무 한 그루가 외롭게 서있다.
조금만 더 자라면 무더운 여름날 시원한 그늘이 되어 주겠다.

강물이 불어나 거센 물살이 길 바로 아래까지 차올라 넘실넘실 흘러간다.
보통 집으로 돌아올 때는 강둑길로 오는데, 저 급류 속으로 기어들어가 버
릴 것만 같아 다시 돌아 언덕길로 나왔다.
나에겐 물에 대한 트라우마가 있다.

어릴 때 다니던 초등학교는 집에서 5리길이었다.
수십 명 동네 아이들이 함께 등하교를 했고 그 길은 놀이터였다.
계절을 따라 해질 무렵까지 즐거운 추억을 남겼다.

초등학교 1학년이었던 그날은 많은 비가 내려서, 집으로 돌아오는 길에 신작로 위까지 흙탕물이 쏜살같이 흘러갔다.

신이 나서 모두들 소리 지르며 옷이 잠방 젖도록 물장구치며 뛰어갔다.

나도 따라 첨벙대다가 그만 도랑에 빠져 버렸다.

몸은 순식간에 도랑 속으로 빨려 들어갔다.

아이들은 저만치 달려가 버렸고 아무도 내가 물속에 빠진 걸 알지 못했다.

바닥에 발이 닿으면 힘을 줘서 빠져나오려고, 발가락 끝을 세워 용을 써봤지만 물컹한 진흙만 있었고, 발끝은 딱딱한 바닥을 느낄 수 없었다. 목을 지나 입까지 물이 차오르려는 그 찰나였다.

이디선가 어른 두 사람이 나타나, 양쪽에서 한 사람씩 겨드랑이를 잡고 신작로 가운데로 나를 끌어냈다.

얼떨결에 올려다 본 사람은 낯설기만 한 외국 청년이었다.

금갈색 곱슬머리, 새알처럼 파란 눈동자, 가지런한 하얀 이, 새하얀 피부빛깔의 서양인이 환하게 웃고 있었다.

전혀 어눌하지 않은 한국말로 "큰일 날 뻔 했구나."라고 말했다

그 얼굴 뒤로 먹구름은 쏜살같이 달려가고 있었다.

내가 화가였다면 지금도 그릴 수 있을 만큼 선명하게 기억한다.

어릴 때 살았던 고흥반도 끝은 바닷가 오지였다.

중학교 때까지 그곳에서 사는 동안 외국인을 보지 못했다.

선교사였으리라 추정하기엔 주변 분들도 외국인을 본 적이 없다고 했다.

초등학교 1학년이었던 그 때가 1966년이었다.

그러면 위급한 순간에 나타난 두 사람은 도대체 누구실까?

미카엘천사님? 수호천사님? 그런 일이 가능한 걸까?

생각할수록 참으로 미스터리다.

그 당시 우리 집은 몇 년 전에, 내 위로 장남인 오빠가 전염병에 걸려서

사흘 만에 갑자기 죽어 버렸다.

귀한 아들을 잃어버린 엄마는 오래도록 정신이 오락가락한 상태였다.

아이들이 놀고 있는 곳에 가서, 남자아이를 붙들고 이 아이가 내 아들이라

고 우길 때마다, 아버지가 달려가 엄마를 집으로 데려오곤 했다 한다.

내가 그 당시 변을 당했다면 급류에 휩쓸려 실종되었을지 모른다.

그랬다면 엄마가 그 고통을 이겨낼 수 있었을지 생각할수록 아찔하다.

한 가정을 보살펴 주신 하늘의 도우심에 감사를 드린다.

그 이후엔 많은 물을 보면 공포를 느꼈는데 아버지가 또 일을 저질렀다.

설날이면 산 하나를 넘어 할머니 댁에 갔다.

할머니가 계신 그 마을은 대를 이어 촌락을 이루었고 모두 친척이었다.

이 집 저 집 세배를 드리고 해지기 전에 산을 넘어 집으로 왔다.

술만 보면 화색이 돌아온 아버지는 저녁쯤 되면 완전히 술이 떡이 되어 버렸다.

아마도 초등학교 3학년이었을 것이다.

그 설날도 엄마랑 동생들과 함께 집으로 돌아오는데, 돌이 지난 동생 신발

을 큰집에 두고 왔다며, 엄마가 나더러 신발 찾아서 아버지랑 오라고 했다.

술에 취한 아버지와 둘이서 그 산을 넘어야 했다.

구불구불 비탈진 논두렁을 지나야 산이 나온다.
아버지는 논두렁에서 비틀거리더니 아래 논으로 떨어져버렸다.
일어나질 못하고 다리를 붙들고 어린아이처럼 엉엉 울었다.
민가도 없는 정월 초하루 산 아래 캄캄한 밤은, 알 수 없는 검은 물체들이
군데군데 솟아 있었다.
차가운 논바닥에서 아버지와 둘이서 얼마나 울었을까?
마침 산에서 내려온 아저씨들이 아버지 발목을 만져서 고쳐 줬다.

산 입구에도 커다랗게 패인 웅덩이가 있어 아찔했다.
어린 나이에 우거진 나무 사이로 오르는 산에서, 정신이 몽롱한 아버지 뒤
를 따라가는 밤길은 무서웠다.
산 정상을 지나 내리막길에 들어섰다.
그런데 이 길은 비탈진 작은 오솔길을 사이에 두고 이번엔 한쪽이 급경사
낭떠러지였다.
여기서 아버지가 다시 굴러 버리면 저 아래가 까마득해 이젠 끝이 보이질
않았다. 비틀거릴 때마다 나도 모르게 아버지를 불렀다.
아버지도 긴장했는지 비탈길을 무사히 내려왔다.

그 산 아래 끝자락엔 커다란 저수지가 있었다.
검은 밤에 흔들리는 검푸른 저수지물은 와락 할퀴며 달려들 것 같은 물귀

신 같았다. 바라만 봐도 무서운데 이게 또 어찌된 일인가?

아버지는 신발을 벗고 바지를 걷어 올리더니 비틀비틀 물속으로 기어들어 가고 있질 않은가!

공부 열심히 안 하면 여기서 빠져 죽어 버릴 거란다.

그 잔인한 바짓가랑이를 붙들고 내가 어찌했는지 기억이 없다.

논둑길을 지나 동네 어귀 신작로 큰 길에 다다랐다.

간간이 불빛들도 보이고 이젠 비틀거려도 안전하겠다 싶은 곳에서, 아버지는 산토끼 노래를 부르며 춤까지 추었다.

집에 도착했을 때 난 겁에 질려 있었고 그런 나를 본 엄마는 화가 치밀어, 정월 초하루부터 술 취한 아버지에게 어지간히 술 좀 마시라고 야단을 쳤다. 다음 날 아버지는 아무것도 기억 못했다. 술이 죄다.

그 이후론 많은 물을 보면 몸이 먼저 긴장한다.

카이스트 다리를 지나는데 먹구름이 밀려오는가 싶더니 폭우가 쏟아졌다.

요한은 구역장 모임이 있어 같이 못 왔는데 저 멀리서 자전거로 달려오고 있다. 반갑고 고마운 동반자가 오고 있다.

비옷 꺼내 두르고 무릎엔 김장비닐 넣어둔 게 있어서 덮었다.

휠체어 운전대는 스카프로 감쌌다.

폭우 속에서도 얼마든지 갈 수 있게 무장을 했다.

문제는 강물이다.

금방금방 산책로까지 차올라서 서둘러 빠져나와야 했다.

언덕 위에 올라서서 강물을 내려다보았다.

황토색 흙탕물이 성난 사자처럼 요동을 치며 달려간다.

요한이 빨리 오지 않았으면 저 빗속에서 제대로 올 수 있었을지 모르겠다.

아찔하다.

어젯밤에 '피아니스트'라는 명화를 봤다.

독 안에 든 쥐가 되어버린 피아니스트 유대인에게, 자비를 베푸는 독일군

장교 모습은 감동적이었다.

남자들 특유의 따뜻한 사랑이 있었다.

그 옛날 외국에서 있었던 이야기이다.

사랑하는 두 남녀가 결혼하여 남매를 낳았지만 운명의 여신이 질투를 했

음인지, 피치 못할 사정으로 둘은 헤어져야만 했더란다.

자식 하나씩을 품에 안고 서로 멀리 떨어져서 사는 동안 세월은 바람처럼

흘러갔고, 자식들이 장성하여 결혼하겠다며 사랑하는 사람을 데려왔다.

그러나 신이시여. 사랑하는 두 사람은 남매지간이 아닌가!

기구한 운명 앞에 이 부부는 어찌해야만 할 것인가?

자식들에게 사연을 유서로 남기고, 모월 모일 모장소에서 둘은 만났다.

셋을 세는 동안 서로에게 총을 겨눠 죽기로 약속했다.

그러나 남자만 죽었다.

저 가련한 여인은 싸늘한 시신을 품에 안고 얼마나 처절한 통곡을 해야만

했을까?

가슴 아픈 이야기이다. 남자는 차마 사랑하는 여인을 죽일 수 없어 총알을

넣지 않았던 것이다.

난 때때로 요한에게 잔소리 하다가도 이 이야기가 생각날 때면 입을 다문다.
하느님께선 여자에겐 모정을, 남자에겐 뜨거운 가슴을 심어 주셨을까?
폭풍우 속에서 날카로운 번개가 치듯이
번잡한 일상에서 사랑이란 두 글자가 있어 우리들은 희망을 안고 살아가는
힘을 얻으리라.

기절초풍 한 일 _2018.07.08.

오늘은 봄도 여름도 가을도 아닌 것이 계절을 이탈한 듯한 날씨다.

주일미사 드리고 갑천에 나와서 바람에게 물었다.

"넌 지금 어느 계절이야?"

"나도 잘 모르겠어."

기류가 방향전환을 하려고 탐색을 하는 것 같은 묘한 기운이다.

아리송한 날씨가 지난날의 아리송한 과거를 떠올린다.

요한은 젊어서 B형 간염이 걸려 간염 보균 상태였다.

과로가 다반사라 항상 간이 더욱 나빠질까 봐 노심초사했다.

기침을 심하게 하거나 아플 때면 눈앞이 캄캄했다.

저러다 얼간이 같은 나랑 많은 아이들 두고 죽어버리면 어떻게 살까?

회색 머리카락 같은 먹구름은 하늘 가운데에서 수시로 밀려들었고,

그 때마다 기도가 저절로 나왔다.

'주님 내 남편의 운명이 다하여 데려가시려거든, 부디 자비를 베푸시어 이 아이들과 살아갈 수 있도록 남겨 두시고, 저를 데려가 주십시오.'

퇴근하고 집에 오면 집안일은 11시 이전엔 끝나지 않았다.

아이는 내가 배 속에서 아홉 달 동안 키워서 세상 밖으로 내보내면, 밤마다 요한이 우유 먹이고 기저귀 갈아주며 키웠다.

나는 약을 찾지 못해서 관절통증이 심하고 점점 변형이 되어갔다.

남들이 먹고 나았다는 약들이 모두 내 약이었다.

먼 길도 마다 않고 사오면 대부분의 약이 복잡한 과정을 거쳐서 만들어야 했고, 어찌된 일인지 먹는 약마다 더욱 아파 일어나질 못했다.

막내가 태어나기 일 년 전에 요한은 상담심리학 박사과정에 들어가서, 저녁이면 수업 듣고 과제하고, 성당에서는 전례분과 일까지 맡았다.

여러 가지 일들이 너무 많았다.

십여 년 전 카이스트로 직장을 옮기기 위해 건강검진을 했을 때

기적 같은 일이 생겼다.

항체까지 생긴 건강한 간으로 돌아와 있었다.

믿기 힘들었고 수치상 오류가 발생한 것 같아 큰 병원에 가서 다시 검사를 해봤다.

의사선생님이 이런 경우는 드문 일이라며 천운이라 했다.

침묵의 장기라고 불리는 간은 관리를 잘해도 병이 진행되기가 쉽다는데 알 수가 없었다.

엄마는 너랑 살면서 나쁜 음식을 안 먹어 그런 것 같다고 했다.
과연 그럴까? 이건 어떻게 해석을 해야 할까?

미꾸라지를 파는 중간상인의 이야기다.
장거리를 이동하다 보면 이놈들이 긴장이 풀려, 가는 동안 많이 죽어버려 천적인 메기를 한 마리 넣어 두었더니, 미꾸라지들은 그 걸 피해서 용을 쓰고 다니느라, 목적지까지 한 마리도 안 죽고 운동도 많이 해서, 살이 통통 올라 수지타산이 맞았다고 한다.

어쩌면 요한도 천적인 나를 만나 간이 놀래버린 건 아닐까?
무거운 등짐의 무게가 버텨 줘서 거센 물살을 무사히 건넌다는 말이 있다.
주님께 감사드리며 올려다 본 그날의 하늘은 사랑의 미소였다.

지금부터 본격적으로 아리송한 나의 이야기를 풀어 보려 한다.
부디 성령님이 함께 하셨노라 말 할 수 있었으면 좋겠다.
나는 누구인가?
묻고 또 물어본다.
타인에게 비친 내 모습과 나 사이에는 돌아올 수 없는 강이 있었다.

바보, 멍청이, 또라이, 특이한 사람, 독특한 인간,
한심하고 답답한 여자, 광신자, 대범하지 못하고 소심한 인간,
미개인, 야만인, 이기주의자, 무책임한 인간, 덜떨어진 여자,

해괴한 인간, 미친년, 공산주의 사상이 박힌 년……

수도 없이 들어야 했던 맹비난이었다.

왜 그랬을까? 그럴 만한 이유가 있었다.

한마디로 나는 정상인 구석이 한 군데도 없었다.

내 앞가림도 못하고 애들도 제대로 키우지 못하면서 4명이나 낳았다.

병이 걸려 언제 죽을지 모르면서 가라는 병원은 가다 말고, 약도 아닌 것들

찾아다니며 이상한 짓만 골라 잡아 했다.

성당에는 열심히 다니면서 기도를 뒤로만 하는지 되는 일이 없었다.

손쉽게 먹을 수 있는 가공식품들 열 오른다고 안 먹으면, 지나치게 예민하

고 까탈스럽다고 했다.

운명의 여신은 가혹하고 잔인하다는 말을 나는 때때로 한다.

이 글을 나열해서 무차별적인 비난을 다시 받지 않을까 두렵다.

많이 아픈 상태에서 네 명을 낳기까지 무슨 이유가 있었는지

무엇이 잘못되었는지 짚어 봐야 한다.

둘째가 돌이 시났을 무렵 요한은 부산의 어느 정신병원 임상심리사로 가게

되었다.

가기 전에 그동안의 삶을 정리하면서 감사헌금을 준비했다.

어느 자매님이 꽃동네에 기부하면 어떻겠느냐 해서 함께 갔다.

꽃동네 오웅진 신부님은 특별한 은사를 받은 성령 신부님이라고 했다.

그 때 처음이자 마지막으로 가까이서 뵈었다.

같이 간 자매가 이 가족들은 모두 건강이 안 좋다며 안수 좀 잘 해달라고 특별히 부탁했다. 아이들도 잔병치레가 심했다.

마주 앉아 바라보는 신부님 눈은 특이했다.

천상과 지상을 넘나드는 것처럼 내 영혼을 꿰뚫어 보는 듯한 아주 독특한 눈빛이었다.

꽃동네 신부님 입에서 흘러나온 말은 눈빛보다도 이상했다.

다들 아프다는데 안수는 해주지 않고 기이한 설교를 열심히 했다.

요즘 세상은 아이들을 조금 낳아서 부모가 자식 인생을 대신 살다보니까, 아이들이 자립심이 부족하다며 우리보고 아이를 5명만 낳으란다.

아이들 많이 낳아 키우다보면 모두들 건강해질 거라며 길게 말을 이어갔다. 두 명도 제대로 키우기 힘들어 버거운데 저건 무슨 말씀일까?

신부님이 우리 집 상황을 너무 모르신 것 같았다.

"우리는 지금 두 명도 키우기 힘들어요." 하면서 웃었고 신부님도 웃었다.

나중에 알았다.

신부님은 누구라도 아이를 많이 낳으라고 했다는 것을.

나의 운명은 이미 이름 모를 광야에서 기다리고 있었을까?

그러지 않고서야 어떻게 그 지경에서 두 명을 더 낳을 수 있었겠는가?

내가 비정상이 되기까지 오 신부님이 한몫을 톡톡히 하셨다.

부산으로 이사를 갔는데 사직 실내체육관에선 성령세미나가 수시로 있었다. 우리도 한 번 가보자고 어느 날 아침 일찍 그곳에 갔다.

하루 스케줄은 빡빡하게 짜여 있었고, 마지막 저녁 시간에 꽃동네 신부님이 오셨다.

부산 사직 실내체육관은 상당히 넓고 크다.

이상한 언어로 영가를 부르시더니 신부님이 몸을 움직일 때

다른 데 보지 말고 신부님 눈동자를 쳐다보라 했다.

나는 둘째를 안고 맨 뒤에 앉아 있어서 속으로 혼자 웃었다.

신부님 몸도 작게 보이는구만, 그 속에 있는 눈을 어찌 보라는 건지

그냥 하는 말이겠지 생각하며 흘려들었다.

난 중앙에서 오른쪽에 앉아있었다.

신부님은 누군가를 지적해가며 왼쪽부터 서서히 몸을 돌려오고 있었다.

여기저기서 큰 소리로 통곡하는 사람들이 많았다.

'저토록 크게 남 앞에서 우는 걸 보면 용감한 사람들일까?

아니면 남다른 고통 중에 있는 걸까?'

울고 있는 사람들을 살펴가며 구경꾼 쳐다보듯 복잡한 마음으로 바라보고 있었다.

아 그러나 이게 어찌된 일인가? 기절초풍할 일이 생겼다.

신부님이 우리 쪽으로 몸을 돌리는 순간

갑자기 신부님 두 눈에서 빛이 나와 내 눈알에 박혔다.

196

캄캄한 밤에 손전등을 비출 때처럼 신부님 눈에서 빛이 흘렀고 두 눈은 마주보고 있었다.

가까이서 보았던 그 독특한 눈동자가 바로 내 눈앞에서 선명하게 보였다.

정신을 차릴 새도 없었다.

"저기 맨 뒤에 아기를 안고 있는 자매님, 어려운 상황들로 하여 성령이 하는 일이 방해 받고 있습니다. 방해 받지 않도록 하세요."

그리고 몸을 돌려 다른 누군가에게 또 무슨 말인가 하고 있었다.

난 돌아버렸다.

내 마음속에선 딱 한 가지만 생각났다.

'저 말은 아이를 낳으라는 말이고 그럼 내 병도 치유되겠구나.'

병이 나을 수만 있다면 그까짓 것을 못하겠는가?

핑크빛 넓은 길을 두 발로 걷고 마음껏 달릴 것이다.

아이들 옷도 무거운 찜통에 넣어 팍팍 삶아 입힐 수 있겠다.

차 버리고 자고 있는 아이들 이불도 감기 안 걸리게 일어나 덮어 주고

버스랑 지하철도 아이들 손잡고 마음껏 타고 다녀야겠다.

상상에 상상을 더해가며 창자가 기어 나오게 울어재꼈다.

영문을 모르는 요한은 까죽눈을 뒤집어 떠서, 내 얼굴 바로 앞으로 사나운 얼굴을 들이밀며 성질을 냈다.

애들도 옆에 있고 많은 사람들 앞에서 창피하게 이 무슨 짓이냐며, 무식한 사람 쳐다보듯 썩은 표정을 짓고 제발 좀 살살 울란다.

그러던가 말던가 통곡하는 사람들과 합류하며 크게 울었다.

셋째가 태어나면 나을 줄만 알았다. 철썩 같이 믿었다.

나의 희망은 나의 생각과 달랐다.

쫓기듯 성난 바람은 우리 집을 향해 달려오고 있었다.

유난히 입덧도 심해서 먹는 음식마다 니글거렸다.

첫째는 천식으로 숨이 넘어가게 기침을 했다.

그 와중에 부산으로 이사 와서 몇 달 안 되었는데 요한이 근무한 병원은
부도가 났다.

아마도 병원을 확장해서 옮기는 중에 여러 사건들이 있었던 것 같다.

수소문 끝에 부산 다른 산자락에 있는 정신병원으로 직장을 옮겼다.

1년 만에 다시 이사를 갔다.

스트레스를 받아 요한은 간이 더 나빠져 버렸을까?

사흘이 멀다 하고 직장에서 중간에 기어들어와 이불 뒤집어쓰고 드러누웠다.

셋째는 태어났고 내 몸은 더욱 망가져갔다.

희망으로 쌓아 올린 화려한 성은 그 어디에도 없었다.

성난 민심으로 폐허가 되어버린 황량한 빈 들이 기다리고 있었다.

엄마랑 요한은 나를 잡아 먹어버렸다.

엄마는 꽃동네가 어디에 있느냐고, 신부님을 쫓아가서 왜 남의 딸 인생을
망쳐놓느냐고 따져야겠다며 울었다.

별다른 약을 먹은 것도 아닌데 몇 년 후에 내 몸은 다시 회복되었다.

어떤 계산법을 적용해도 도저히 알 수 없는 리듬이다.

요한이 직장에 있는 낮 시간 동안

나랑 아이들 세 명은 산으로 바다로 틈만 나면 놀러 다녔다.

송도 앞바다는 얼마나 다녔는지 그 해 여름 우리들 피부는 새까맣게 탔다.

난 모래 속에 다리를 묻고 앉아있었고 세 아이들은 튜브 하나씩 들고 물속에서 살았다.

구덕산 자락으로 휘어도는 바람을 따라 울창한 활엽수 길을 많이도 걸었다. 돌담이 있는 자갈밭을 지나고 석탑을 지나 산 정상까지 걸었다.

내리막길에선 계곡물에서 가재도 잡았다.

산복도로를 따라가 대청공원에 올라서서 보면 부산이 발 아래 있었다.

삶의 애환이 서린 자갈치 앞바다엔 뱃전에서 갈매기들 나르고, 푸른 물결은 쉴 새 없이 밀려와 부서져갔다.

새벽 6시엔 미사가 있었고 주일만 빼고 날마다 오르간 당번도 했다.

우리 성당에만 새벽마다 미사가 있었다.

주변의 세 군데 성당 교우들이 찾아와 많은 분들이 미사에 오셨다.

때때로 요한은 미사 해설하고 큰 아이가 복사를 서면, 할머니들이 성가정이라며 행복해 보인다 했다.

내 눈에 비친 타인의 행복이 얼마나 많은 허구를 안고 있는가?

우리들이 살아온 날들이 보였더라면 할 수 없는 말이다.

그러나 신이시여, 주님이시여!

나의 육신은 태풍의 눈 속에서 잠을 자고 있었을까?

이유 없이 몸은 다시 급격하게 악화되어 갔고 모든 약은 비켜갔다.

한 남자를 사랑하여 물고기 꼬리 대신

여인의 다리를 가진 슬픈 인어공주처럼

걸을 때마다 가시가 찌르듯 아팠고 무릎도 점점 부어갔다.

'주님 어찌해야 합니까? 어느 길로 가야 합니까?

저 좀 도와주십시오.'

그러나 애절한 나의 기도를 주님께선 잘못 들으셨다.

나를 다시 괴롭히셨다. 미쳐버릴 지경이었다.

새벽 미사를 가서 조용한 시간에 주님 앞에 앉으면 이상한 일이 생겼다.

그냥 어디선가 분명하게 전달되어 오는 메시지.

또 다시 아이를 낳으란다.

보이지 않지만 보이고, 들리지 않지만 들리는 이 기이한 현상.

당하는 나도 모르겠는데 누가 나를 이해하겠는가?

이 몸으로 세 명을 낳았다고 백색순교에 가까운 비난을 감수해야 했다.

주님께서 나의 고통을 보셨다면 할 수 없는 이야기이다.

누군가에게 아이를 낳겠다는 말은 입도 뻥긋 할 수 없었다.

그 생각을 떨쳐버리기 위해서 정말로 부단히 노력했다.

때론 내가 미친 것만 같았다.

200

일부러 귀를 막고 주님 앞에 앉는 시간도 조용한 시간은 피했다.

'헛생각 말고 약으로 병을 나아야 한다. 난 지금 정상이 아니다. 뭔가 내 몸에 맞는 약이 있을 것이다'

나는 온갖 약을 찾아 헤매었고 별의별 약을 다 먹었다.

부산우체국 옆에 아주 용하다는 한의원을 가기로 하던 어느 날이었다.

공교롭게도 그 날 아침 꽃동네 같이 갔던 자매한테서 전화가 왔다.

1997년 12월 마지막 주 토요일이다. 잊을 수 없는 날이다.

오 신부님이 이번 주가 성가정 축일이라서 축복이 많이 내릴 거라 했단다.

꽃동네에서 보자며 바쁘다고 일방적으로 전화를 끊었다.

난 곰곰이 생각해 봤다. 한의원이야 다음에 가도 되지 않겠는가?

순간의 선택이 일생을 좌우한다니까 좋다. 거기부터 다녀와야겠다.

한의원으로 향하려던 발길을 꽃동네로 돌렸다.

요한에게 전화해서 애들 데리고 다녀올 테니까 한의원은 다음에 가자고

전화를 끊었다. 요한은 화가 잔뜩 나서 조퇴하고 바로 들어왔다.

3명이나 데리고 거기까지 어떻게 혼자서 가느냐며 같이 따라나섰다.

부산에서 버스 한 대로 많은 분들이 갔다.

도착해서 오후시간 동안 꽃동네 여기저길 돌아다녔다.

사랑이란 단어가 가는 곳마다 보였고, 도움을 필요로 하는 다양한 사람들

이 모여 사는 시설들이 넓은 땅에 많이 있었다.

꽃동네 입구 아담한 비석에는 '얻어먹을 수 있는 힘만 있어도 그것은 주님

의 은총입니다.' 하는 문장이 선명하게 적혀 있었다.

작은 오두막에서 살고 있는 수사님 집에도 들렀다.

멀리서 오셨다며 차례차례 안수를 해주셨다.

이 수사님도 나에게 이상한 말을 했다.

왜 그럴까? 내 얼굴에 다산(多産)이라 적혀있는 걸까?

내 머리에 손을 얹더니 "이 자매는 아이를 많이 낳겠네요."라고 했다.

옆에 있던 요한이 주먹을 바닥에 치면서 왜 그렇게 쓸데없는 소릴 하느냐

고, 혈압이 오른 얼굴로 화를 버럭버럭 냈다.

당황한 수사님은 어리둥절해 했다.

저녁부터 기도 모임은 시작되었고 한밤중에 꽃동네 신부님은 나타났다.

그날 보니까 신부님은 정말로 기이했다.

손을 앞으로 확 뻗어 무슨 이상한 말을 하면, 여기저기서 일직선으로 사람

들이 그대로 뒤로 팡팡 넘어졌다.

'어머나, 저러다 뇌진탕 걸리면 어떻게 하지?'

너무나 걱정스러워 제대로 일어나는지 지켜보았다.

맨정신이라면 힐 수 없는 행동이다.

이런 곳에 있으니까 나를 괴롭혔던 지금까지의 생각들이, 미친 것이 아니라

정상인 것만 같았다. 또 마냥 울었다.

집에 돌아오니까 꽃동네에서 있었던 것들이 모두 비정상이었고, 내가 거기

서 무슨 마법에 걸려버린 것 같아 또 다시 헷갈렸다.

현실과 비현실 사이에서 뭐가 정상이고 뭐가 비정상인지 중심을 잡을 수 없었다.

그러나 꽃동네를 다녀온 후에 막내는 그냥 생겼다.

한약을 지어 와서 한 그릇 먹었는데 하혈을 했고, 한의원에서 이상하다며 일단 약을 끊으라 했는데 배 속에 아기가 생겨 있었다.

내 머릿속은 다시 복잡해졌다.

'아, 이건 틀림없이 주님의 뜻인가 보다.' 한편으론 두려웠지만,

또 다시 모든 어려움을 야릇한 희망으로 이겨내었다.

출산을 하기 까지는 수도 없이 많은 험로가 기다린다.

아기가 태어나던 날은 저녁에 성당에서 성령세미나를 하고 있던 중이었다.

진통이 와서 급하게 메리놀병원으로 가서 막내를 낳았다.

다음날 아침 일찍 6명의 의사가 회진을 왔다.

주치의가 "어젯밤 10시 40분 입원, 11시 15분에 남자아이 탄생,

산모 나이 39세, 3남1녀 중 네 번째 출산, 산모 태아 모두 건강 상태 양호."라고 보고했다.

그 병실은 6인실이었는데 의사들이 나가고 나니까, 젊은 엄마 아빠들이 모두 하나같이 탄성을 질렀다.

어떤 젊은 아빠가 말했다. "아기 한 명을 낳기도 이렇게 힘든데 네 명씩이나 어떻게 낳을 수 있어요?"

난 갑자기 그 작은 공간에서 개선장군처럼 영웅이 되어 버렸다.

그러나 하늘이시여!

나의 희망은 흔적도 없이 사라졌고 난 죽도록 아팠다.

이걸 어떤 관점에서 바라봐야 하는가?

걸을 수도 없게 되었고, 수차례 죽을 고비를 넘기면서도 이상하게 죽지도 않고 계속 살았다.

나를 향한 비난과 멸시는 상상초월이었다.

아파 죽겠다고 할 때마다 요한은 괴물눈동자를 뒤집어 떴다.

자기 몸만 나으려고 하면 다냐고 징그럽다 송선희 하고 퍼부어대다가, 무책임한 인간, 이기주의자하면서 음산한 목소리로 사람을 잡았다.

집안 꼬라지는 눈물 없이 볼 수 없는 드라마였다.

걸을 수만 있었다면 막내를 데리고 꽃동네로 도망가고 싶었다.

내가 죽을 것 같다고 할 때마다 엄마는 광주에서 오셨다.

누워있는 나를 보면서 성모상을 붙들고 대성통곡을 했고, 한 맺힌 히스테릭한 괴괴한 리듬으로 "성당을 다녀도 다들 멀쩡하든디 저 년은 뭐가 잘못되어 저리 빙신 같이 생깄는지. 이 멍청한 년아. 새끼 한 명씩 낳을 때마다 뼛속에 영양분을 얼마나 뺏긴지 아냐." 하면서 울었다.

듣고 있다 보면 혼이 말라버리려 했다.

그래도 성이 안 차면 미친년, 광신자, 공산주의 사상이 박힌 년 하면서 중얼거렸다.

신자들도 그 몸으로 왜 그리 많은 아이들을 낳았느냐며 의아해했다.

입을 닫았지만 그래도 말이 통할 것 같은 사람을 만나면, 사실대로 말을 하는 순간 뭔가 덜 떨어진 정신 나간 광신자 취급을 했다.

어느 날 요한은 집에서 일하다 말고 성질이 올라와, 본당 신부님을 찾아가 비정상적인 나를 일러바쳤다.

성질나면 설거지하다 그릇이나 몇 개 깨버리지 왜 신부님한테 쫓아갔는지 참으로 희한한 인간이다.

흰머리 듬성한 대머리 노 사제는 나를 볼 때마다 이상한 반응을 보였다. '저 여자는 보기엔 멀쩡한데 어디가 잘못되었지?' 하는 밥맛 떨어진 눈빛으로 탐색을 시작하곤 했다.

당해보지 않으면 결코 알 수 없는 기분이다.

세상 기준을 따르다가 이처럼 당했더라면 아마도 무너져 버렸을 것이다.

상상을 초월하는 멸시를 받았고 나는 괴이한 모습이 되었다.

아무리 들여다 보고 분석해 봐도 잘 모르겠다.

병을 치유하고 싶은 갈망이 초자연적인 힘에 이끌려, 오로지 나의 주관으로 해석을 했다고 하면 가장 근접한 걸까?

분명한 것은 나 때문에 우리 가족이 수많은 세월을, 너무나 많은 고통을 겪어야만 했다는 사실이다.

나는 죄 많은 사람이다.

싱싱한 빨간 고추 __2018.08.14.

올 여름 더위는 지상의 생명줄을 잡고 흔들어 버린다.

7월 중순부터 시작된 열대야가 한 달이 넘어가고 있다.

40도를 넘나드는 기온은 가마솥더위다.

기다리던 태풍도 한반도 상공의 무더운 열기에 다가서질 못했다.

우리 집 에어컨은 장식품이었지만 올해는 선풍기로는 버틸 수 없었다.

낮엔 집 밖을 나올 수 없어서 저녁미사 드리고 갑천을 한 바퀴 돌았다.

강바람은 약하지만 견딜 만하게 불어 줬다.

몇십 년 만에 즐겨 보는 한여름 밤의 재미는 쏠쏠했다.

밤하늘에선 눈썹달이 반달이 되고 동그란 달로 바꿔 가며 웃어주었다.

둥그런 보름달엔 꿈과 풍요가 있었다.

반짝이는 별도 열 개까지 찾았다.

별 하나엔 믿음을, 또 하나엔 소망을, 남은 별 모두엔 사랑을 담았다.

풀벌레들이 수줍게 우는 소리는 희망이었다.

저 소리 영글어 가는 날 이 더위도 웃음이 되겠지.

자전거맨들이 자전거 뒤에 작은 불빛을 달고 음악과 함께 신나게 달렸다.

요한도 자전거로 달리고 나는 휠체어로 달렸다.

팔이 아파 쉬고 있을 때 날벌레가 달라붙어 괴로운게 흠이었다.

어느 날 밤이었을까?

희미한 달빛 아래로 젊은 여인이 다가와 행복해 보인단다.

자기 언니는 호스로 음식을 투여한다며 내가 부럽다고 말꼬리를 흐렸다.

온갖 상념이 나를 잡고 돌았다. 이름을 물었다.

극한의 고통 중에 계신 분들을 위해서도 기도해야겠다.

8월 중순인데 아직도 밤 기온이 30도를 오르내린다.

며칠 전부터는 습한 기운까지 몰고 와 찌는 날의 마지막은 끝판 왕이다.

별이 보이면 이젠 반갑지가 않고 야속하다.

먹구름 속으로 들어가 줘야 비가 올 텐데 왜 또 나왔느냐며 투덜댔다.

나도 들어가고 싶다며 별이 오히려 울먹인다.

그래, 조금 더 기다려보자. 이 또한 지나가리라.

이 더위에 난 얼마 전에 야채가게에 갔다가 일을 저질러 버렸다.

싱싱한 빨간 고추가 박스에 가득 있었다.

집이 아파트 꼭대기 층이다 보니까 옥상에 말리면 금방 마를 것 같았다.

가게 주인이 이런 불볕더위엔 삼사일 말리면 될 거라 했다.

한 달 넘게 비 한 방울 안 왔으니까 곧장 비가 오지 않을 것 같았다.

10kg 5상자를 샀다. 그냥 옥상에 펼쳐 두면 되는 줄만 알았다.

그토록 비 한 방울 안 오던 무더위는 고추를 사오던 날부터 소나기 예보가 날마다 있었다. 요한이랑 5번을 싸웠다.

소나기는 갑자기 쏟아졌고 고추가 양이 많아 주워 담기가 힘들단다.

며칠 전에도 소나기가 많지 않게 스치듯 내렸고 요한이 집에 없어서 셋째를 시켰다. 이틀 전에도 저녁 미사 드리고 나오는데 빗방울이 떨어졌다. 하필 요한이 또 레지오 가버려서 할 수 없이 셋째에게 전화했다.

완전 부르퉁 성질을 내버렸다.

이 일을 어찌하면 좋을까?

아직 마를 기미가 안 보인다는데 소나기는 자꾸만 내렸다.

뜨거운 여름 볕에도 10여일 이상 말려야 한다는 걸 이제야 알았다.

고추가 걱정의 벽을 타고 아주 천천히 마르고 있다.

소나기가 셋째 혼자 있을 때 또 내리면 어떻게 하지?

모르긴 해도 꼴도 보기 싫다며 빨간 고추를 소리 지르며 발로 차버릴 것만 같다.

미리 방어해야겠기에 좋아하는 음식 사들고 가서, 갑천의 달이랑 별이랑 벌레 이야기를 동화처럼 펼쳤다.

다행히도 피식 웃었다.

고추는 밤이슬을 맞으면 안된단다.

밤엔 주워 담고 아침엔 널고, 소나기 오면 걷고, 해가 나면 다시 널고,

요한은 고추 말만 하면 순간적으로 눈동자 뒤집어진 괴물로 둔갑해버렸다.

저리 힘든 일인 줄 내가 어찌 알았겠는가?

무식해서 용감해 버렸다.

저 많은 걸 이제 와서 버려버릴 수도 없고 어찌하면 좋을까?

옥상에 계단이 두 개 있어 난 올라가질 못한다.

오늘이 6일째다.

얼마나 마르고 있는지 얼마를 더 말려야 할지 궁금했다.

주말이라 딸이 집에 와서 그동안 이야기를 하면서 고추가 마르고 있는

사진을 좀 찍어보라 했다.

딸은 상기된 얼굴로 "엄마 이것 좀 봐." 하면서 달려왔다.

옥상 가득 펼쳐진 많은 양의 고추색이 너무 예쁘다며 사진을 보여준다.

어머나, 고추가 이런 빛깔도 있는가?

자연이 빚어 낸 투명한 붉은색은 영롱하리만치 고운 빛깔이다.

아, 태양초에 마음 흔들린다.

저 빛에 휘둘려 내년에 또 내가 마르지 않은 고추를 사버리면 안 될 텐데,

남자들의 아우성을 잊지 말아야겠다.

나는 왜 글을 쓰는가? _2018.09.09.

그동안 정체되어 있던 무더운 공기는 거침없는 폭우를 동반했다.

찌다가 퍼붓다가를 서너 차례 반복해버렸다.

갑천 물은 위험수위를 넘나들었고 여기저기서 무너지고 패였다.

군데군데 커다란 모래성이 군락을 이루었다.

덕분에 강물은 완벽하게 정화되었다.

바닥이 훤히 드러난 갑천 물은 수정구슬처럼 맑고 투명하다.

왜가리 한 마리가 기다란 다리를 세워 모래 위를 걸어가고, 커다란 물고기

두 마리는 제왕처럼 맑은 물속을 유유히 헤엄쳐 간다.

산허리 하얀 구름은 시골 마을에서 피어오르던 저녁 연기를 닮았다.

다시 돌아온 갑천의 구월이 아름답다.

미사 중에 신부님이 '나는 왜 말을 하는가?'라는 주제로 강론을 했다.

"듣기 위해서 말을 하는가? 말을 하기 위해서 듣는가?"

철학적인 질문을 던졌다.

듣기 위해 말을 하는 거라면 상대방 말이 잘 들릴 것이고, 말을 하기 위해

듣는 거라면 상대와는 무관하게 자신의 이야기만 하게 될 것이라 했다.

순간 나는 나에게 질문을 던졌다.

'나는 왜 글을 쓰고 있는가?'

주변 분들이 많이들 내 인생을 글로 쓰면 책 한 권은 될 거라고 한다.

이 세상 온갖 풍파 풍랑에 시달리듯

누구라도 만만치 않은 게 인생이란 이야기일 것이다.

처음엔 남다른 나의 삶을 글로 옮겨 보고 싶은 생각에서 시작했다.

글을 쓸 만큼의 컨디션이 허락하는 날은 많지 않았다.

하지만 질곡의 감정들이 교차하면서 마음 안에서 치유가 일어났고,

써 내려갈수록 글쓰기는 흥미로웠다.

책으로 출간하기 위해서 글을 수정할 땐 숨이 막힐 것 같았다.

이렇게 지치도록 힘든 작업이 기다리고 있을 줄은 꿈에도 몰랐다.

부끄러운 나의 모습 들춰 내는 건 그래도 어렵지 않았다.

살아온 날들이 거의 바닥이라 감추고 말고 할 것이 없었다.

어느 한계점에 다다르니까 가치관의 혼돈 속에서 흔들렸고

이기적이고 세속적인 나의 모습을 접할 때

혼돈과 애착의 굴레에서 벗어나지 못한 복잡한 나를 보면서

이 글에 과연 진정성이 있는지 망설여졌다.

소양이며 교양도 부족해서 정제되지 않은 말들을 활자화 할 수 있는지도 의문이었다.

몇 번을 펜을 들고 놓다가 어느 날 결정타를 맞았다.

병신 같은 게 가만이나 자빠졌지 아무것도 못하면서 나불대지 말라고 할 때, 나를 지탱해 준 모든 가치관과 나의 신앙은 허구였다.

검은 손이 내목을 조르며 음산하게 노려보고 있었다.

사건의 발단은 내가 아버지에 대한 애틋한 마음을 버리지 못한 것이 화근이었다.

살아계실 때 잘해 드리지 못한 죄책감이 문제를 야기했던 것 같다.

아버지 돌아가시고 한 번 제사를 지냈는데, 동생들이 일할 사람도 없고 하니까 올해부터는 추모관에서 간단하게 지내자고 했다.

난 제사 지내는 걸 구경도 못해 봤고 제사라는 게 뭔지도 모르고, 한 번도 제사라는 걸 생각해 본 적이 없었다.

귀신이 와서 밥을 먹는지, 불교의식인지, 우리의 전통양식인지, 유교사상인지 아무것도 모른다.

다만 우리 문화 정서상 이야기를 듣다보면 다른 집 자식들은 대부분 부모님 기일이라고 집에서 음식을 차려 두고 제사라는 걸 지내는 것 같았다.

고생해서 자식들을 다들 살만큼 잘 키워주셨으니까 그렇게 하는 게 자식 된 도리처럼 생각이 되었다.

음식 한 가지씩만 분담해서 엄마가 살아 계시는 동안 제사상을 차려서, 집에서 해 드리자고 우기다가 얻어 들은 소리였다.

상대방은 자기주장을 하기 위해서 별 생각 없이 한 말일 것이다.

나중에 내가 그토록 상처를 받았는지 몰랐다고 미안하다 했지만, 내가 나를 추스르기엔 역부족이었다.

나의 한계는 여기까지였고 자존감은 모래성이었다.

휠체어를 타고 밖을 나가서 생각 없이 웃다가도, 그런 걸 끌고 다니면서 뭐가 좋아 웃느냐며 핀잔을 주는 것 같아 표정을 바꿔야 했다.

복잡한 시장을 가면 병신 같은 게 집구석에 가만있지, 왜 이렇게 복잡한 곳에 나와서 귀찮게 하느냐며 비난하는 것만 같았다.

이유 없이 나도 모르게 눈물이 흘렀고 모든 일에 자신이 없었다.

아, 예수님이라면 이럴 때 어찌하셨을까?

살아온 날들이 파노라마처럼 스치고 지나갔다.

지금까지 나는 주님의 손에 이끌려서 살아왔다.

가도 가도 끝이 없는 이 길에서, 더 이상 못 가겠노라며 제발 이 손 좀 놓아 주시라고 얼마나 울어야 했던가!

이 고통에서 해방이 되는 것도 아니고, 기적이 일어나서 걸을 수 있는 건 더욱 아니다.

남은 날들 살아 내기도 만만치 않을 것이다.

나만의 삶의 방식을 터득해야 한다.

그릇을 키워야 한다.

흔들리지 말고 마음의 중심을 잘 잡고 살아야만 하는 길 위에 서 있다.

내 마음이 흔들리면 존재 자체가 흔들려 버린다.

돌고 돌아 온 길에서 흉물스럽게 망가져버린 나의 어떠한 몰골도
따뜻하게 안아 주신 분은 하느님 한 분이셨다.

그 이름은 사랑이시다.

젖은 나무처럼 초라하게 망가질 때마다 생각나는 따뜻한 품속이다.

세상이 줄 수 없는 나의 안식처, 그 안에서 위로와 자유를 찾는다.

그 사랑을 알았지만 나는 초인 같은 참 신앙인과는 거리가 멀다.

단점도 많고 부족한 점은 더욱 많다.

예수님도 내가 그렇게 생겨먹은 걸 너무 잘 아시고 나에게 많은 기대도 하
지 않으신다.

그냥 언제라도 그 모습 그대로 내가 찾을 때면, 크신 가슴으로 부족한
나를 탓하지 않고 반갑게 맞아주신다.

그래서 더욱 좋다.

한 달 가량의 혼돈과 슬픔은 정리되었다.

많은 교우 분들이 병자를 위해 기도드릴 때, 나를 위해서 기도한다 하셨다.

속으로 앓고 계신 분들도 많지만 나는 눈에 띄는 환자이다.

주변 분들의 기도 덕분에 연명하고 있는지도 모른다.

"용기를 내어라, 나다. 두려워하지 말라."

부드러운 주님 목소리에 힘을 내서 다시 글을 쓰기 시작했다.

투병 중에 책을 많이 읽은 것도 아니고 글쓰기를 공부한 것도 아니다.

어느 날 BTS의 아리랑 공연을 보면서 많은 생각을 했다.

그 무엇이 인간 내면을 움직여서, 저토록 많은 세계 젊은이들이 열광하는가? 이유가 무엇일까?

100번도 넘게 보고 또 봤다.

맹훈련을 통해서 연마된 7명의 현란한 춤사위는 볼 때마다 즐거웠다.

흥에 겨워 저절로 몸이 들썩거렸다.

발놀림하며 손동작들을 그대로 따라해 보고 싶었다.

영상을 보면서 나름대로 분석을 했다.

지루하지 않게 잘 읽힐 수 있도록 글을 구성하는데 강약과 완급을 조절했다.

부족한 글이지만 독자들에게 조금이나마 도움이 되고, 많은 생각을 하는 계기가 되어준다면 좋겠다.

따뜻한 음성 같은 '하느님의 편지'를 적어본다.

'네가 힘이 들 때 하늘을 한 번 보아라.

끝도 없는 창공 그곳에서 나는 너를 보고 있단다.

웃고 있는 너를 보는 내 마음은 기쁨이고

울고 있는 너를 보는 내 마음은

가슴이 찢어지는 듯한 아픔을 느끼고 있단다.

내가 너를 위하여 고통을 없이 해주고 싶어도

그건 인생에서 주어진 숙제로서 네가 넘어야 할 산이며
한번은 네가 지나야 할 고행의 길이란다.

그로 인해 너의 오만함의 돌덩어리를 깎아내어
나의 귀한 보석으로 만들어
내 귀한 사랑으로 보듬어 주려 함이니라.

너무 슬프다고만 말고, 너무 아프다고만 말고
너의 마음과 생각을 더욱 굳건히 지켜
내 귀한 열매가 되어 주기를
나는 간절히 바라고 있단다.

네가 태어나기 전,
너는 이미 내게 선택되었고
이 길로 오기까지 내가 너를 인도하였단다.

내 사랑아! 내 보배야!
내 아늘을 피 흘리기까지 너무나 아팠던
천 갈래 만 갈래의 가슴 아림의 그 십자가!

네가 모르는 죄까지도 씻어 주려는
나의 간절한 애태움!

수천 년 속의 기다림 속에
너는 분명히 내게서 준비된 열매였단다.

너에게 주어진 귀한 생명과 바꾸는 죄
어리석은 사탄의 놀림에서 헤어나지 못하면,
나는 너와 함께 있지 못하고 멀어질 것이다.

끝까지 주어진 그날을 강하게 버티고 이겨서
내가 너를 부른 그 사랑을 확인하려무나.
너는 세상의 어느 것과도 견줄 수 없는
나의 소중한 보배 첫 열매이노라

나 또한 너를 위한
그 아픔을 모른 체하고 있지 않다는 것을 꼭 기억하고
빛이 찬란한 하늘에서 너를 지키고 있음을 잊지 마라.

나는 어디에서도
너를 향한 눈길을 놓지 않고 있단다.
사랑한다. 꼭 이겨 내거라.
내가 너와 대면하는 그날까지…… '아멘.'

감 따러 가는 날 _2018.10.11.

오늘은 춥지 않을 만큼 바람이 불어와 기분이 좋다.

작년 이맘 때 갑천에 있는 감나무에서 감을 몇 개 따먹었던 게 생각났다.

집에 있으면 잡념만 많아져 요한이랑 감을 따러 나왔다.

유성장 옆 늪지를 지나면 언덕 위에 감나무가 한 그루 있다.

큰맘 먹고 찾아온 감나무는 올 여름 가문 탓에 초라하기 짝이 없다.

그나마 낮은 곳에 매달린 감은 누군가 따 가고 높이 달린 것들만 있다.

요한이 감나무에 다가가 가져온 지팡이로 팔짝팔짝 뛰면서 매달린 감을 때
렸다. 매를 낮고 떨어진 감은 찌그러지고 깨졌다.

두 번쯤 후려치니까 길옆 주택에서 여러 마리 개들이 한꺼번에 요란하게 짖
어댔다. 개들의 목소리는 정말 컸다.

깜짝 놀란 요한은 겁먹은 아이들 표정으로 언덕을 뛰어내려, 휠체어에 앉아
있는 나에게로 도망쳐 왔다.

따면 안 될 것 같단다.

"이 감나무는 저 개들이 사는 마당 안에 있는 게 아니라, 언덕에 있으니까 따도 되잖아." 나는 열심히 설명을 했다.

용기를 내서 요한은 다시 감나무에게 다가가 지팡이를 들어 후려쳤다.

개들 여러 마리는 똑같은 소리로 짖어댔고, 요한은 겁먹은 표정으로 다시 나에게로 달려 왔다.

그만 따고 빨리 가고 싶단다.

두려움 너머에 있는 표정이 왠지 슬퍼 보이기까지 했다.

'이럴 땐 어찌해야 할까?'

아직 5개밖에 안 땄는데 지팡이까지 들고 온 게 너무 아쉬웠다.

나는 다시 설명했고 요한이 그래도 머뭇거리고 있어서, 나도 빙 돌아가는 길로 올라가서 감나무 가까이에 앉았다.

대장엄마처럼 안심시키느라 짖어대는 개들의 소리보다 더 크게 말했다.

공범 노릇을 톡톡히 잘했다. 19개를 땄다.

그 옆에 작은 대추나무도 있어서 연두색대추도 손으로 4개를 땄다.

돌아오는 길은 즐거웠다. 만선의 기쁨을 안고 육지에 닻을 내린 어부처럼 둘이서 많이도 웃었다.

요한의 놀란 표정을 카메라에 담지 못한 게 아쉽다.

참새들도 우리들 웃음소리를 듣고 재미있다며 재잘재잘 따라 웃는다.

강물에서 반짝이는 은빛 햇살도, 예쁘게 물든 나뭇잎들도 휠체어에 매달고 온 감을 쳐다보며 웃었다.

산다는 건 뭘까?

파랑새는 돌아왔다 _2018.04.02.

미세먼지 사라진 깨끗한 날이 좋아 미사 드리고 갑천에 나왔다.

민들레꽃 여섯 송이가 동그랗게 둘러앉았다.

민들레 가족이 사랑스러워 속도를 내서 달리다 멈추고 바라보았다.

"무슨 이야기를 그리 정답게 하니?"

"하하하하 비밀이야."

그래 맞아, 어쩌면 우린 비밀이 있어서 삶이 아름다운지도 몰라.

한참을 가는데 노랑나비 한 마리가 휠체어 옆에서 나풀거리며 따라온다.

반가워서 내가 먼저 말을 걸었다.

"친구가 되어 주어 고마워."

노랑나비가 고개를 갸웃거리며 나에게 묻는다.

"넌 친구가 없니?"

"요한이가 있는데 저 앞에 자전거로 달려갔어. 근데 넌 왜 혼자 있어?"

"나도 친구가 저 너머 목련꽃 구경 갔어."

"그렇구나. 날씨 좋다 그치?" "응~"

카이스트 다리까지 친구가 되어주었다.

벚꽃은 망울져 있다. 만개하려면 이삼일은 지나야 할 것 같다.

불어난 강물에서 오늘도 갯내음 닮은 향이 바람을 타고 날아온다.

한가하고 화사한 봄날이다.

나는 생각할수록 별것도 아닌 것들에 매여 살면서 마음이 산란할 때가 많

다. 이곳으로 나오면 헛되고 부질없음을 새삼 느낀다.

어느 날에 가서야 온갖 상념에서 벗어나 자유로울 수 있을까?

아니 흔들리지 않고 고요하게 살아갈 수 있을까?

유치환님의 '바위'를 읊어 본다.

내 죽으면 한 개 바위가 되리라.

아예 애련(愛憐)에 물들지 않고

희로(喜怒)에 움직이지 않고

비와 바람에 깎이는 대로

억년(億年) 비정의 함묵(緘黙)에

안으로 안으로만 채찍질하여

드디어 생명도 망각하고

흐르는 구름

머언 원뢰(遠雷)

꿈꾸어도 노래하지 않고

두 쪽으로 깨뜨려져도

소리하지 않은 바위가 되리라.

주일미사 신부님 강론이 좋았다.

확신에 찬 목소리까지, 나의 삶을 돌아보는 커다란 울림으로 다가왔다.

"자기의 기준에 맞춰 상대를 바라보면

한계를 지니고 사는 인간의 속성상 잘못된 판단을 하기 쉽고

세상 기준에 맞추어 살다보면

남들과 비교하게 되어 탐욕과 열등의식에 휩쓸리기 쉽습니다.

하느님께 대한 전적인 신뢰와 의탁이야말로

약속의 땅으로 입문하는 길입니다.

자신에게 주어진 고통을 이겨내고 승화해야 만이 갈 수 있는 길

이 길은 좁은 문입니다.

천상 가치가 나의 기준점이 되고 삶의 의미가 될 때

세상이 줄 수 없는 참평화에 이를 수 있습니다."

난 너무 오래 살았다. 삼백년도 더 살아버린 것 같다.

발가락도 휘고 무릎은 90도로 변형되었다.

손가락도 보기 싫게 휘고 팔꿈치는 구부리기 힘들고 아프다.

어깨를 들지 못해 머리 빗질이랑 세수도 못한다.

모기가 물 때 괴롭다. 휠체어에 나무 막대기 꽂고 다니며 쫓는다.

누군가 옷을 입혀 주면 전동 휠체어 타고 밖에 나올 수는 있다.

밥은 반찬을 한 접시에 담아 두면 식탁에 팔꿈치를 대고 혼자서 먹을 수 있다. 컵을 들지 못해 빨대를 이용한다.

사람들은 만나면 손잡기를 좋아한다. 억세게 손을 잡아 흔드는데 아프다고 말할 수 없는 상대는 죽을 맛이다.

누워선 일어나질 못해 오줌이 마려워도 누군가 올 때까지 기다린다.

침대 끝에서 바가지 대고 오줌을 싼다.

똥 쌀 땐 할 수 없이 변기에 올라가야 한다.

여름엔 땀이 차서 팬티가 살에 붙고 팬티 고무줄이 뱅뱅 감긴다.

손으로 용을 써도 팬티가 올라오질 않는다. 화장실 쪽으로 필히 선풍기를 틀어야 한다. 엉덩이가 변기 속으로 빠질 것 같아 아이들 변기를 덧붙였다. 한결 수월하다.

침대에 눕기까지 과정이 복잡하다.

반듯하게 누우면 무릎이 저려 옆으로 누워 잔다. 안고 자는 것과 양쪽으로 팔다리 지지해주는 것까지 베개는 6개가 필요하다. 눌린 어깨와 엉덩이 관절이 아파서 거의 한 시간 간격으로 돌아눕는다.

불면증과 통증은 나의 일상이다.

밤이면 잠자기 전에 유튜브 강의를 자동재생 하고 잔다.

자주 깨서 멀뚱거릴 때 아프긴 하고 잡념이 많아지면 괴롭다.

강의 듣다가 잠이 오면 자고 안 오면 계속 듣는다.

내 손으로 씻을 수 없게 되면서 주로 딸과 요한이 씻어줬다.

지금은 사라졌지만 초창기 땐 요한도 적응을 못했다.

씻어주는 날의 요한 감정에 따라 느낌은 달랐다.

그 날 감정이 맑음이라야 몸을 씻을 때 부드러웠다.

잔소리를 했다거나 아프다고 짜증부린 날은 손끝이 매서웠다.

나도 당하고만 있으면 속에서 나쁜 감정들 쌓여 있다가, 다른데서 폭발해 버리니까 참지 않는 쪽이 현명하다.

껍질 벗겨진다고 살살 씻으라 하면, 요한은 구부린 허리를 들고 일어서서 성질나면 안 해준다고 소릴 질렀다.

머리카락이 많이 자라면 씻기다 말고 가위들고 와서 한방에 잘라버린다.

최초로 그렇게 머리가 잘려 나가던 날을 잊지 못한다.

가위를 찾다 안 보였는지 부엌용 시커먼 걸 들고 와 머리카락을 싹둑 잘라 버리고 다시 나갔다. 아마도 부엌용이라 더러워질까 봐 제자리에 갖다 놓으려고 들고 간 것 같았다.

머리카락 한 올도 앞뒤로 만지며 모양을 내던 때가 생각나, 그 등 뒤에서 나도 모르게 격한 울음을 토해냈었다.

'이것이 나의 실체구나!'

집에선 바퀴 달린 의자를 끌고 다닌다.

컴퓨터에 앉아 독수리 타법으로 타자는 칠 수 있다.

걸을 수 없게 되어갈 때

내 손으로 씻을 수 없게 되어갈 때

누워 있다 혼자선 일어날 수 없게 되었을 때

하나하나 점점 잃어갈 때마다 처절한 절망과 몸부림치며 싸워야했다.

현실을 받아들이고 적응하기까지 수많은 질곡의 과정을 거쳐 왔다.

그나마 남아 있는 나의 관절의 기능 중에서, 또 무엇을 얼마나 잃어야 하는지 나는 모른다. 주님만이 아신다.

병원 한의원 민간요법은 이제 끝났다.

더 살아보려고 더 나아보려고 발버둥 칠 수 있는 단계는 넘어갔다.

그때그때 상황에 맞게 식품으로, 신열이 오르지 않게 통증을 견딜 만큼만 관리하는 게 최선이다.

모자란 나를 엄마라 부르며 지금까지 살아 준 아이들에게 미안하고 고맙다. 무슨 일을 하고 살더라도 자신의 위치에서 빛과 소금으로 살아주길 빈다.

자식이 아프지 않고 사는 것이 가장 큰 효도인 것 같다.

내가 힘들 때마다 달려오신 엄마께도 죄송하다.

언젠가 아버지가 요한 이야기를 듣고 남편이 아니라 은인이라 했다.

난 하나를 더 보탠다. 요한은 나에게 은인이자 수호천사다.

사는 동안 되도록 좋은 친구라도 되어 주도록 노력해야겠다.

사랑하는 가족들과 지금까지 함께 할 수 있음에 감사드린다.

요셉성인께 선종기도를 드리면 죽음을 맞이하기 수월하다 해서, 밤마다 요한과 함께 묵주기도 바칠 때, 103위 성인들과 요셉성인께도 기도드린다.

기도하면서 요한이 팔과 다리를 50번씩 번갈아가며 든다.

왼쪽 엉덩이 관절이 아프면서부터, 움직일 수 없게 굳어 버릴까 봐 다리 들어올리고, 어깨 관절이 탈골되면 통증은 장난이 아니라 해서, 팔을 잡고 어깨도 들어올린다. 5년 정도 되었다.

이것이 나의 인생이다.
이렇게 살지 않으려고 최선을 다했지만 나는 여기까지 와 있다.
이름을 알 수 없는 이 광야를 주님께 봉헌한다.

젊은 날 신중하지 못해서 철없이 일을 저질러 버렸고, 건강을 잃어버리고 나서 화려한 꽃길이 아닌, 평범하지 않은 나만의 길을 걸어야 했다.
주님께서 함께 하시지 않았다면 추한 꼴로 죽었던가, 미쳤던가, 폐인이 되어 버렸을 것이다.
부족한 나에게 참 삶의 길이 무엇인지도 가르쳐 주셨다.
지금도 때때로 힘든 고통 앞에 무너지지만, 내 안에서 진심으로 자유를 느끼고 작은 것에 만족할 수 있을 때 행복했다.
우리들의 삶이 이승에서 끝나지 않음을 알기에, 기도하는 마음으로 비우고 살 수 있도록 주님의 도우심을 청한다.

"비참한 것이 자비롭게 되었노라."
지난날 날아가 버린 파랑새가 꿈과 사랑의 옷을 입고 나에게 다시 날아와 주었다.
자비로운 것이 다시 비참해지지 않도록 지혜롭게 살아야겠다.

봄은 다시 돌아왔다.

청명한 하늘 아래 길게 펼쳐진 강 언덕으로 봄바람이 살랑댄다.

하늘을 향해 날아가는 오리들의 모습도 시원스럽다.

봄 산에 진달래 붉게 물들고 이곳엔 다시 꽃들의 향연이 시작되겠다.

강물이 사계(四季)를 따라 변해갈 때 나의 이야기도 늘어가고, 생명이
숨 쉬는 대지 위로 평화의 자연교향곡 힘차게 울려 퍼지리라.

희망의 시 이 육사님의 '청포도'를 불러 본다.

내 고장 칠월은

청포도가 익어 가는 시절

이 마을 전설이 주저리주저리 열리고

먼 데 하늘이 꿈꾸며 알알이 들어와 박혀

하늘 밑 푸른 바다가 가슴을 열고

흰 돛단배가 곱게 밀려서 오면

내가 바라는 손님은 고달픈 몸으로

청포(靑袍)를 입고 찾아온다고 했으니

내 그를 맞아 이 포도를 따 먹으면

두 손을 함뿍 적셔도 좋으련

아이야 우리 식탁엔 은쟁반에
하이얀 모시 수건을 마련해두렴.